晚安玫瑰

人民文学出版社

图书在版编目(CIP)数据

晚安玫瑰/迟子建著.—北京:人民文学出版社,
2017(2024.3重印)
ISBN 978-7-02-013199-0

Ⅰ.①晚… Ⅱ.①迟… Ⅲ.①长篇小说-中国-当代
Ⅳ.①I247.5

中国版本图书馆 CIP 数据核字(2017)第 191091 号

责任编辑　卜艳冰　杜玉花
装帧设计　汪佳诗

出版发行　人民文学出版社
社　　址　北京市朝内大街 166 号
邮政编码　100705

印　　制　凸版艺彩(东莞)印刷有限公司
经　　销　全国新华书店等

字　　数　80 千字
开　　本　889 毫米×1194 毫米　1/32
印　　张　5
版　　次　2013 年 4 月北京第 1 版
印　　次　2024 年 3 月第 4 次印刷

书　　号　978-7-02-013199-0
定　　价　69.00 元

如有印装质量问题,请与本社图书销售中心调换。电话:010 - 65233595

1

吉莲娜是我在哈尔滨的第三个房东,我认识她的时候,她已八十多岁了。

吉莲娜家住道里区,离中央大街很近。那是一幢米黄色三层小楼,砖木结构,俄罗斯花园式风格建筑,七八十年的历史了。它有着浪漫的坡屋顶、开放的露台、狭长的高窗和平缓的台阶。这座楼在那一带青灰色水泥丛林中格外惹眼,看上去像只悄悄来到河边喝水的小鹿,稚拙纯朴,灵动俏皮。小楼的一层是咖啡店,二三层是住家,总计六户。吉莲娜家在三层,西南朝向。客厅和两间卧室很宽敞,厨房、卫生间和露台虽小，但结构合理，加上高举架，没有局促感。吉莲娜家采光好，又被生机勃勃的花草菜蔬点缀着，一片明媚，可她的脸却像隆冬时节的北方原野，说不出的阴冷。她又高又瘦，不驼背，所以从背影看，很容易把她看成妙龄女郎——当然那是她伫立着的时候；她一旦走起路来，老态毕现，缓慢沉重，一步三叹。

介绍我来吉莲娜家做房客的，是我供职的报社新闻部的首席记者黄薇娜。她在做犹太后裔在哈尔滨生存现状的报道时，认识了吉莲娜。吉莲娜一生未婚，独居，父母早已过世，没有亲人。她年事已高，但生活应付自如，没请过保姆。黄薇娜见她孤苦伶仃的，就说你房子这么宽绰，为什么不租出去一间，家里有个说话的人，不是很好吗？吉莲娜说她与神相伴，不寂寞。就在此时，黄薇娜接到了我的电话，我告诉她我从第二个房东家搬出来了，行李堆在单位的传达室，无处可去，求她尽快帮我找个落脚之地。

黄薇娜知道我与第一个房东闹翻，是因为那个男房东，一个退休了的瘦猴似的老东西，竟然打我的歪主意。有天晚上他老婆出去打麻将，他光着下身，握着一卷油腻腻的钞票，推开我屋门，一把搂住我，说只要我从了他，房租以后减半，还常给我零用钱。我反抗的时候，打落了他手中的钱，挠破了他的脸。那些钱尽是两元五元面额的，看得出他一点点攒起来的。他哀求我可怜可怜他，说是别看他瘦，这把年纪了，床上的威风不减当年，可他老婆绝经后，不许他碰了，他怕出去找小姐不安全，只好煎熬着，活得好没兴味！他的泪水与伤痕渗出的鲜血混合在一起，整张脸就像个小型屠宰现场，令人作呕。我奋力挣脱他，跑下楼来。我蹲在垃圾箱旁吐了一场，才哆哆嗦嗦地给黄薇娜打电话，连夜搬出。黄薇娜让我报警，我没同意。不是我同情那老男人，而是想到我这样一个姿色平平的女子，本来就乏人问津，如果警方来调查，万一事情张扬出去，猥亵被渲染成强奸，我就成了一团糟烂的抹布，更没人搭理了。

黄薇娜跑新闻，人脉广，与很多房屋中介老板熟悉，很快帮我物色到第二个房东，一个二十八岁的聋哑女，她有个能发音的名字——柳琴。柳琴的父母和弟弟也是聋哑人，他们精通中医，在松花江畔开了家针灸理疗所，生意不错。他们赚了钱后，在新阳路买了套宽敞的房子，一家人在无声的世界中，过得有滋有味的。柳琴自幼怕针，最看不得患者身上扎着银针的模样，所以她二十岁时，自己找了份活儿，在南岗教化广场旁的小学食堂做洗碗工。从新阳路到教化广场，跨越哈尔滨的两个区，柳琴嫌上下班太折腾，就在学校附近租了间房。柳琴的父母一想女儿早晚要成家，租房不如买房划算，因为赚来的钱放在银行连年贬值，而随便的一处房子，都是香饽饽，一路看涨，于是就在南岗安发桥下，给她买了套两居室的房子，离柳琴上班的小学，步行一刻钟便到了。柳琴搬出来后，她母亲放心不下，常来陪伴，后来柳琴的弟弟结了婚，有了孩子，她被束缚住了，便想为女儿找个好房客。黄薇娜采访这家私人理疗所时，认识了柳琴一家，知道他们的意愿，所以我从第一个房东家出来，次日就有安身之所了。包括水电煤气在内，一个月只需付柳琴六百块。而在老房东家，每个月要交七百元房租不说，煤气不准我用，水电费要与他们家分摊另缴。

黄薇娜接到我电话的时候，刚做完吉莲娜的访问，正和她在楼下咖啡店小坐。当我说我从柳琴家搬出来时，她还有心思开玩笑，"不会是她跟第一个房东似的，非礼你了吧？如今同性恋可挺时髦的！"调侃完，她才问我，"你不是跟柳琴处得挺好吗？怎么突然闹别扭了？要知道再找她这么好的房东，在哈尔滨是不可能的了！"我哽咽着告诉她，"她要结婚了！我不能住那里了——"黄薇娜万分同情地说："哦，那你只能出来了。"她安慰我说，好房东一定在下一个人生路口等着我，叫我别急，她马上过来，带我去她家先住几天。

黄薇娜与我通完话，对吉莲娜说："真巧，刚劝完您找个房客，我的好友就没住的地方了！"吉莲娜皱皱眉，沉默片刻，开始仔细打听我的情况，老家在哪里，多大年龄了，有没有男友，爱吃猪肉吗，衬衫常换洗吗，睡觉是否打鼾，花粉过敏吗，喜欢听钢琴吗，性格内向还是外向，丢没丢过钥匙，黄薇娜一一做了回答。吉莲娜想了想，说："请她过来一下，让我看看好吗？"黄薇娜赶紧给我打了电话，说是房子可能有着落了，让我快点过去。她还趁着去洗手间，给我发了条短信：一会儿见着她，一定表现得温顺些！你要是住在她家，等于住在了百年前的哈尔滨，老风雅啦！估计她只会象征性地收点房租，你命真好，乌拉！

时值深秋，我到了咖啡店，开门的一瞬，狂风骤起，将门口伫立着的榆树身上所剩的最后几片枯叶，给摇了下来，有两片正落在我头上。黄薇娜说，幸亏那两片叶子，给我添了彩儿，像别着两枚金发卡。

初见吉莲娜，我有点手足无措。她肤色白皙，穿灰绿毛呢长裙，围一条黑色带银灰暗纹的重磅真丝围巾，灰蓝的大眼睛明亮而忧郁，高挺的鼻梁使她的面部有着迷人的阴影。她装束优雅，而我衣着粗俗。我脸上挂着泪痕，头发蓬乱，穿着红花毛衣，咖啡色裤子，因为搬离柳琴家匆忙，脚上是紫色运动鞋，按黄薇娜的话说，我就像一只花哨的火烈鸟。

我胆怯地握住了吉莲娜伸来的那只手，哆哆嗦嗦地说："我叫赵小娥。"那一瞬，我想起了赐予我名字的母亲，想起她落葬的情景，泪水奔流。

黄薇娜见我失态，连忙跟吉莲娜打着圆场，"您看，我们的名字中都有'娜'字，她的没有，把她羡慕哭了。"

吉莲娜轻声问，"是'嫦娥'的'娥'吗？"

我一边抹泪一边点头。

吉莲娜低下头，喃喃自语，"我们三人的名字中，都有女字旁，这是神安排我们认识的。"她转而对我说："小娥，好姑娘是不当着别人流泪的，你要是愿意，三天后就搬来吧。房租我不收，一个月你交两百块，是水电煤气的费用。我不敢保证你能住长，试试看吧。"吉莲娜说完，坐回原位，享用咖啡去了。

我和黄薇娜面面相觑，不相信好运就这样降临了！我们谢过吉莲娜，从咖啡店出来，刚拐过街角，黄薇娜抑制不住兴奋，当街与我相拥，大声嚷嚷着，"我都梦想着住在这样的房子里，你运气太好了，总是出了一家，就进了更好的一家！我可告诉你，她不喜欢有男友的姑娘,所以她跟我打听你时,别的我说的都是实话,只有这点骗她了!记住,千万别带你男友来她家,你们可见面的地方多着去了,公园、饭馆、茶吧、电影院和他租的小屋,哦,要是不方便亲热的话,就去快捷旅店开个房,也用不了几个钱的!"

我说:"用不着了,我没有男友了。"

"什么?你又被人甩了?"黄薇娜跺着脚叫着,"就他,武大郎的个头,吃东西跟猪似的呼噜噜直响,一个要房没房要车没车的小公务员,也敢挑三拣四?!"

2

我搬到吉莲娜家的当晚,正欣赏客厅的盆栽呢,她忽然举着一把剪刀朝我走来,说女孩子不该烫头,满头的羊毛卷伺候不好,就是鸡窝,看上去龌龊,建议我剪掉。其实她不说,我也想铲除这团杂草了。因为我烫头,完全是宋相奎怂恿的。他说我额头窄,脸过于瘦削,直发使我更显瘦,跟非洲难民似的,烫个头,能弥补面部缺陷,更有女人味。都说女为悦己者容,我便跟他去了一家美发店,受刑似的折腾了两个小时,变成狮子狗模样。黄薇娜对我烫头深恶痛绝,屡屡调侃,最有趣的一次说我是贝多芬转世了。本来我就不爱鬈发，现在宋相奎离开了我，剪掉它们，等于跟旧生活决裂，何乐不为！

吉莲娜让我坐在一把硬木椅子上，给我的脖子苫上一条银灰的浴巾，开始剪发了。剪刀"嚓嚓"响，所向披靡，看来剪刀锋利，而她技艺高超。也就十来分钟，头发剪完了，吉莲娜端详了我一下，点了点头，将我推向洗手间的镜子前。那个瞬间，我觉得自己不存在了，那是我吗？男孩子一样精短的头，发顶微微蓬松，好像有暗波涌动，额角是参差的刘海，掩盖了我的缺陷，小眼睛似乎变大了，鼻子也不显塌了，我好像年轻了十岁，有一股说不出的俏皮！我说："我怎么不那么丑了？"吉莲娜说："头发是女人的魔法库，摆弄好，能让人变漂亮！"我激动万分地大声说："谢谢奶奶！"吉莲娜沉下脸，用湿润的毛巾擦拭着剪刀，说："就叫我吉莲娜吧。"后来我才反应过来，一个终生未嫁的人，永远怀着一颗少女的心，即便她是你祖母辈的人，也不能那么称呼她。

我从未见过像吉莲娜这样养花的人，她把观赏和实用完美地结合在了一起。她所食蔬菜，基本来源于此。露台窗下的长条形木槽中，看似养着金盏菊，其实与花儿并生着的是地榆；客厅窗台摆的三个大泥盆，乍一看，是火红的绣球花、鹅黄的含笑和五彩缤纷的三色堇。但仔细看来，绣球花中有细香葱，含笑中掩映着薄荷叶，而与三色堇争色的还有朝天椒。书柜的吊兰与韭菜为伍，卧室的马蹄莲下匍匐着油绿的碰碰香。吉莲娜一日两餐，与别人不同，她的晚餐是牛奶、烤羊肠、煎鸡蛋、蔬菜沙拉，而早餐却是牛肉汤或是鱼汤，配上面包。她喜欢在沙拉和汤里，撒上自种的香料。而她拌的沙拉，总有地榆的影子。下午，吉莲娜会到楼下咖啡店喝杯咖啡，之后到中央大街买两个马迭尔的小圆面包，她是不吃隔夜面包的。还有，她每周去一次透笼街菜市场，买够七天所食的东西。她是犹太教徒，不吃猪肉，尊重她的习惯，我从不带猪肉回去，尽管我那么爱吃糖醋猪排。她喜欢的水果倒是与我一致，苹果和菠萝，所以有时我会多买一些，顺便带给她。

　　我在报社做校对员。如果说报纸是一块块农田的话，我就是除草员。错字病句，是我铲除的方向。不上班时，我爱睡个懒觉。常常一觉醒来，嗅觉苏醒的一刻，闻到的是灶房飘来的香味。吉莲娜见我起来，会问我愿不愿意跟她一起吃点东西，我每次都撒谎说约了朋友，匆匆洗漱后，到外面的小店，吃碗炸酱面或是馄饨。我吃东西的时候，总想着吉莲娜的餐桌上，那镀金的深口蓝花瓷盘中盛着的浓汤，想着那银光闪闪的勺子搅动汤时的情形，她活得实在太精致了。

吉莲娜改换了我的发型后，又教我如何穿衣。她说并不是穿得鲜艳了，人就显得水灵了。纯色和冷色调的衣服，反能衬托出青春气。为了证明自己所言非虚，她将一条用了多年的浅灰色羊毛披肩裁剪了，给我缝了一件简单大方的斗篷式外套，我穿上后，单位的人都问这是哪个牌子的衣服，如此洋气。吉莲娜还让我把所有的衣服摊开，告诉我哪件夹克该配哪条裤子，哪件衬衫该配哪条裙子，虽说我的衣服不多，但按她的指点穿戴后，果然增色不少。

吉莲娜有一个镶嵌着六芒星的藤条匣，装着犹太教经书，希伯来文的。她早午晚祷告三次，低声诵读经书。我不懂希伯来语，等于每天在听天书。除了这个习惯，向晚时分，她会在客厅壁炉的钢琴旁，弹奏几首钢琴小品。她的四方形小餐桌与钢琴相连，宛若钢琴飞出的一道音符。我总想，像她这样内心世界丰富的女人，怎么可能没有爱情呢？看她摆放在壁炉上的照片，除了她的家人，就是她各个时期的单人照。从幼至今，她都是个美人。

吉莲娜喜静，话语极少，睡眠很差。我晚上得把居室的门关紧，不然夜深人静时，我发出的香甜鼾声，会使她烦躁。客厅有座无声无息的德国造的挂钟，我以为它坏掉了,有天问起她,她摇着头对我说挂钟好好的,可她上了年纪后,受不了它的"滴答"声,将它停了。她盯着我的眼睛,认真地说:"我不敢让它再走起来了,你想它停了这么多年,憋了一肚子时间,万一它死脑筋,把原来的时间都补给我听,我的耳朵还不得让它给整聋了啊。"我以为这只是她的幽默,可看她的表情,平静诚挚,不像开玩笑。在某些时刻,她仿佛生活在童话世界中。

我和吉莲娜很快产生了矛盾。有一天我洗了内衣内裤,见太阳好,便晾在露台上。吉莲娜看见,呵斥我收回来,说那是不礼貌的,露台是摆花儿的地方,那儿的晒衣架只能晒晒台布、床单和衣服。我顶撞她,说妇科医生说了,女孩子的内衣内裤,最好在阳光下晾晒,杀菌性好,利于健康。吉莲娜指着门说:"那你就去别人家的露台晒吧!"

她下了逐客令,我只好把湿漉漉的内衣内裤收回,用方便袋兜起来,塞进行李箱。我边收拾行李边哭,觉得自己太不幸了!在这座城市,我没有亲人,没有相爱的人,没有钱,没有自己的一间屋子,我就是一只流浪的猫!如果房东将我赶出去,我不知道明天会在谁家的屋檐下栖息。吉莲娜见我真的要走,叹了口气,拿出手帕,帮我揩干眼泪,将我装内衣内裤的方便袋从行李箱中拎出，又晾晒在露台上，不由分说地拉着我下楼。她下楼梯的时候，膝关节发出"咔——咔——"的声响，好像那里埋藏着斧头，把她的腿当柴火劈着。我们下楼后，她把我拽到马路对面，指着她家的露台让我看。哦，内衣内裤挂在那儿，一派站街女的味道，的确不雅。我当场认错，说我出生在克山的一个小村，小时家里洗衣服，无论内衣内裤还是外衣外裤，从来都是混搭着，晾在院子的一根晒衣绳上。吉莲娜怜爱地抚摸了一下我的头，说："在城里，屋子是自己的，露台却不完全是自己的，得顾忌路人的眼啊。"

刚入冬的哈尔滨，是最让人厌烦的。供暖期一开始，这座城大大小小的烟囱，就来了神了，呼呼往外喷煤烟。如果赶上气压低，烟尘扩散不开，城市就像戴着一顶钢青色的帽子，阴沉沉的，叫人不爽。这样的日子，吉莲娜会犯气管炎，一天到晚地咳嗽。她犯咳时，若是刚好在客厅侍弄花草，我会帮她捶捶背，递上一杯水。吉莲娜肩膀颤抖，脸色发青，我真担心她会一口气上不来窒息了。她很少说话，可一旦咳嗽起来，在咳嗽的间隙，总会颤声颤语地感慨，"过去的哈尔滨，哪是这样的天啊！"我便问她那时的天什么样？她有时说"没黑烟"，有时说"阴天都是透明的",有时说"那时的烟不呛嗓子",有时说"一年没多少日子没蓝天",有时说"天上什么飞鸟都有,不像现在,乌鸦都不来了",总之,回答都很简短。

我和吉莲娜的第二次冲突,就由她的咳嗽引起。有天她给花盆松土,突然又咳嗽起来,我便劝她,最好把香草类植物拔掉,我听说养此类植物,容易刺激人的神经中枢系统,诱发哮喘,对呼吸不利。吉莲娜说:"家里没有香草,神都嫌污秽。"我笑了,说:"这世上哪有神呀!要是有的话,神也是势利眼!"我说那些贪官污吏过得衣食无忧,平平安安;没能力的善良穷人,日子过得紧紧巴巴,处处受欺负。比如我都二十五了,参加工作三年了,没房,没疼我的人,买不起好衣服,不知高档饭馆什么滋味,也没闲钱旅游,都没出过省!可我的一个大学同学,就因为她父亲是官员,一毕业就有好工作,结婚时房、车齐全。就说买衣服,人家去的是新世界、百盛、松雷和远大,我去的,是和兴路价格低廉的服装城和道外夜市的小摊床!别人看报纸盯着影星见面会、歌星演唱会、新的美容产品和时尚家居的消息,我盯的是打折促销商品的广告!像我这种出身低下又没有姿容的女人,在这个时代,就跟二战时的犹太人一样,正在被一股你看不见的恶势力,给悄悄推到被清理的类别。所以我不相信这个世界有上帝，不相信有神！

我真是个猪脑袋，一激动，说了最不该说的话。即便太不如意了，也不该对这样一位饱经风霜的老人发泄。我向她一再道歉，诅咒自己该下地狱。吉莲娜撇下花铲，瞟了我一眼，轻轻说："你心中没有神，怎么能相信有地狱呢。不知道真有地狱的人，也不会有自己的天堂。"她关了客厅的灯，摸着黑回到卧室。很快，那里传来诵经声。

我和吉莲娜的第二次不快，引来了我的第三场恋爱。

3

吉莲娜一连多日不理我，我下班后，在外面对付一口，便四处闲逛，挨到九点才回去，这通常是她上床的时刻了。

为了安全，那段时间，我几乎夜夜去中央大街和斯大林公园，那儿人多，热闹，而且离吉莲娜家近。毕竟是冬天了，在户外时间长了，脸颊会被冷风刮痛，我只好溜进商场或影院取暖。

有天晚上，七点四十分左右，我在松花江畔的一家俄罗斯工艺品商店，看见一个瘦高男人买烟斗，他倾着身子在柜台前挑选，全神贯注，全然没注意到身后的小偷，像壁虎一样贴过来。

我对商场的贼有着天然的敏感。他们跟我一样不买东西，但我的目光漫无目的，他们的却在购物者身上。买烟斗的男人斜挎着一个高粱米色的涤纶布背包，未等他付账，小贼已飞快地用刀片划开背包，窃取了钱包。他得手后，装着若无其事往外走时，我大喝一声："抓小偷！"一把揪住了那小东西。他看上去也就十六七岁，个子不高，很瘦，染着黄毛，没戴围巾，脖颈上文着一只蜘蛛，感觉那蜘蛛终日吸着他的血，他才如此孱弱苍白。他想挣脱我跑掉，可是来不及了，买烟斗的男人意识到被偷，鹞鹰一样扑过来，与我合力将其制服。小贼跪在我们面前求饶，说是他父亲死了，爷爷瞎了，母亲瘫了，妹妹得了白血病，家里穷掉底了，没钱看病和吃饭，他失了学，迫不得已这么干。贼被捉的时候，往往都谎话连篇，恨不能把全天下的灾难都安排在自己身上，博取同情。

商场的保安闻讯赶来，报了警。警察到后，小贼的唇角竟浮现出笑意。警察简单询问了事情经过后，将钱包还给瘦高男人，将贼带走。小贼离开犯罪现场时，狠狠地瞪了我一眼，嚣张野蛮地骂道："等我出来干死你！"

没等我回答，被偷的男人回敬道："那得看你那小玩意儿长没长硬！"

围观者笑起来。

我和瘦高男人一起走出商场。

"我叫齐德铭，"他向我伸出手来，说，"太感谢你了！钱包里的钱倒不多，三五百块，可是身份证和银行卡都在里面。银行卡丢了得挂失，而我明天赶早班飞机去上海，没了身份证，登不了机，可就耽误大事了！"

我说："不客气，要是你看到贼偷我的东西，也不会袖手旁观的。"

谁料这个叫齐德铭的男人却说："未必！"

他的回答让我不快。我告别他，兴味索然地往回返，齐德铭却追上来，坚持要送我。

我说："不必了，我住的地方离这儿不远。"

"那可不行！"齐德铭认真地说，"我担心那小贼现在已经被放出来了。"

"怎么会？"我说，"他偷了东西，也许是惯犯，他是有罪的！"

齐德铭叹了口气，说："你没见他见着警察时，偷着乐了吗？他肯定认识那个警察！如今警匪一家，小偷按月给包庇他们的警察好处费，不算秘密，难道你没听说过吗？还有，那个警察嘴里呼出酒气，不知在哪里刚喝过，谁能信任他呢！"

"他们敢把他放出来，我就敢把他再送进去！小偷不是分片行动吗，他还得在这一带活动，跑不出我眼皮子底下！"我跺着脚发誓说。

齐德铭笑起来，说："为了安全，他们就像一些任职干部到了一定期限，要异地交流一样，早换防到别的地段了，你就别想做便衣警察了！"为了让我相信他的判断，他对我说，警察带走贼时，应该连同我们一起叫去做笔录，因为我们一个是受害者，一个是目击者。治贼以罪，要取决于我们的证词。连正常程序都懒得走，草草收兵，只能说明他们之间有猫腻。

我无语了。齐德铭接着说，这贼万一有同伙，他被捉的时候，同伙可能就在现场。如果贼的同伙跟踪我，伺机报复，那就麻烦了。所以，他必须送我回家。

我说："他们爱报复就报复吧，我也活够了！只是别把我弄得半死不活的就好。"

齐德铭吓唬我说："他们报复女人，不会要你的命，而是要你的色！"

我害怕了，默许他送我回去。

齐德铭在送我的路上，接听了两个电话。他接第一个电话时有点不耐烦，说："领导，您都交代两遍了，我又不是儿童，您放心好了，心里有谱儿，不会上当的，明天到了上海，一有结果我就给您电话！"他挂断电话后嘟囔了一句："看来男人也有更年期，真磨叽。"他接第二个电话时很愉快，看来是好友打来的，他得意洋洋地炫耀自己今晚运气好，刚在俄罗斯工艺品商店，一个毛头小贼将他钱包偷了，却被一个女孩给当场夺回，一文未失！他开玩笑说："都说是英雄救美，可我齐德铭命好，是'美救英雄'啊。"

齐德铭接电话的态度，让我联想起刚与我分手的宋相奎。宋相奎是政府机关的公务员，每次领导来电话，哪怕是走在街上，他也要毕恭毕敬地立定，满脸堆笑地接听，"是，领导，您放心，一定照办"，是我常听到的他回给领导的话。宋相奎对领导这般谦卑，可他见着比自己职位低的同事，完全另一副嘴脸。他职级正科，有一次我们在兆麟公园看冰灯，碰到他们处的一个科员，人家跟他打招呼，他挺着腰，哼哼哈哈敷衍，高人一等的样子。我责备他对同事不热情，他反驳我，说机关就是培养奴才的地方，一级一级的，他是别人的奴才，比他低的，就得做他的奴才，不然他会被憋死！我们争执的时候，那位科员气喘吁吁地追上来。原来他跑回入园处，为我们买了两串糖葫芦。宋相奎接过糖葫芦，待那人走远，得意地对我说："现在明白了吧？不是我非要做他的主子，他比你低，就自甘当奴才了。"我没有接宋相奎递过来的那串糖葫芦，在我眼里它就像一串鲜红的泪滴。宋相奎一赌气，把两串都吃了。观灯本来是奔着光明去的，没想到最终弄得满心灰暗，不欢而散。

齐德铭对待领导没有低声下气，让我对他陡生好感。他接完第二个电话，我说："你一定不在机关工作，是吧？"

"你怎么知道？"他在温柔的灯影中，调皮地冲我伸了下舌头，"我哪儿不懂规矩了？"

我笑笑，没说什么，他也不追问。路过马迭尔冷饮厅时，齐德铭忽然停下来，说："咱们一人来一支奶油冰棍儿怎么样？"

马迭尔的冰棍儿久负盛名，奶油味十足，口感极佳。即便冬天，仍有市民站在寒风中吃冰棍儿，成为中央大街的一大奇观。

冷饮厅前站着两对恋人，都在吃冰棍儿。有一对只买了一支，你一口，我一口的，甜蜜极了，羡煞路人！另一对虽是一人一支，但女孩满面幸福地依偎在男孩怀里，好像有了这样一个胸口，冰棍儿和寒风，都没什么可怕的了！我只吃了一支便浑身哆嗦，齐德铭意犹未尽，又要了一支，说是小时候断奶早，见着冰棍儿就像见着亲娘了！为了不耽误时间，他边走边吃。等他吃完，我也到了。他站在朦胧的路灯下，看了一眼我住的地方，吃惊地问："你家住这儿？"我摇摇头，告诉他是租住。他"哦"了一声，嘱咐我最近出门要小心，万一被贼盯梢了，就给他打电话。他从上衣口袋掏出名片夹，摸出一张给我，看着我进了楼门。

我进门的时候，九点才过。刚进卧室，还没来得及换上睡衣，就听见吉莲娜从她房间出来了。她将门打开，关上，窸窸窣窣地重锁一遍。她常常在我晚归锁好门后，再折腾一回。我想除了她认定我是个马虎女孩，还因为她不放心外人。虽说我是房客，可在她内心深处，我也许是个入侵者，她得时刻警惕着。

我打算搬离她家了。不是住在老房子里，做的就是美梦。

这次我没求助黄薇娜，放着不需交房租的漂亮洋房不住，另觅他处，她肯定会说我的脑袋让驴踢了。

可是租房子并不顺利。独套的房子我租不起，哪怕是一居室，只要在二环以里，价位都在一千二三，那是我半个月的工资了。而合租的房子，要么地段不好，要么要价过高，要么同租者让人不能信任，始终找不到合适的。正当我犯难的时候，齐德铭出现了。

那天下着大雪，全城交通拥堵。我下班后，在单位附近的一家小店吃了半打水煎包,步行回吉莲娜那儿。哈尔滨的冬天,天黑得早。但到了下雪的日子,白昼似乎被拉长了。主城区的灯火,将雪地映照得泛出白光,看得清行人的脸。我的单位在霁虹桥下,离吉莲娜那儿只有两站地。即便不下雪,公共汽车比较空,我也选择步行。如果没记错,那是冬天的第三场雪了。雪花适应了大地的寒冷,不像初来时那么绵软,带着股锐不可当的气势,下得豪放。我喜欢雪,因为大地上跟我真正亲密的伙伴没几个,而飞雪时刻,从天庭下来了一群好伙伴,它们跟你没有敌意,没有陷害,没有嘲笑,它们温柔地亲吻你的脸,就像天堂的微光照耀着大地的尘土,让你的心跟着欢愉起来,澄明起来,舒展起来。我尽享着雪花降临带来的快意,不舍得把路走完。

"哎——丫头——"正当我越过马路,奔向那座小洋楼的时候,一个男人跟我打着招呼。我走近一看,竟是齐德铭!他穿着白棉服,就像伫立在路边的一根灯柱!他见着我,把手中还闪烁着红光的香烟掐灭,说:"我都抽了三颗烟了,你下班怎么这么晚?"

"我在外面吃过饭才回来。"我说,"我租的房子不能做饭。"

"哪个房东这么狠毒,连煤气都不让使?你付费不就是了吗！"他愤慨着，以老朋友的口吻对我说，"你饱了，可我等你等得肚子都饿瘪了，你得陪我吃饭去！"

见我没搭腔，他立刻说："我来买单！"

那一刻，我确实是因为自己微薄的钱袋，而踌躇了一下。

我说："九点前我必须回来。"

"房东这么早就睡？"他笑着说，"在南方，晚上九点，夜生活刚开始。"

我们就近去了避风塘。也许是雪夜出行不便的缘故，这家平素生意不错的餐馆，那晚没几个人。齐德铭点了炒蟹、口水鸡、豉汁蒸凤爪、腊味煲仔饭。他自称是个吃货，若是心情不好，只要一顿美食，就会云开日朗。我说这点我和他一样。虽然水煎包还没消化，禁不住美食的诱惑，我还是拿起筷子。齐德铭说天冷，要了半斤煮沸的花雕酒，我们边吃边聊。

齐德铭说他去上海时，为我提心吊胆的，一见陌生来电，就以为是我的求救电话。一直到他出差回来，都没接到我电话，他认为小贼没有报复我。可今天下雪的一刻，他突发奇想，万一我被贼给弄死了呢？也会是无声无息的。他为我担心，又没我电话号码，只好来我住的地方等候。

"你不会把我名片扔垃圾桶了吧?"他问。

"没有。"我如实说,"其实有天我有点事想求你,号码拨到一半,想想你可能早忘了我是谁,就没打那个电话。"

齐德铭放下筷子,用纸巾擦了一下唇角,定睛看着我问:"什么事?"

"看你名片,知道你是制药厂的销售副经理。你接触人多,我想问你,能不能帮我租一间屋子?一个月五六百块钱,房东要好,地段不要太偏远的。"

齐德铭爽快地说:"要不是你从小偷手里夺回钱包,第二天我就不能到上海。如果不那天去,我就失去了签下一笔大订单的机会,所以说我欠你的!租房子的事儿,就交给我吧。"他让我留下电话号码,说是一有消息就告诉我。

从避风塘出来,雪已停了。齐德铭要送我回去,我没推辞。中央大街行人少了,路面就显得宽阔起来。老天在雪天扮演了漆工的角色,把能抹白的地方都抹白了。快到我住处的时候,齐德铭在路灯下看了一下手表,说:"还差十分九点,你不会挨房东的骂了。"

我说:"她倒不骂我,就是不搭理我。"

"肯定是个又老又丑的女房东!"他说。

我笑了,跟他挥挥手回楼了。

我蹑手蹑脚地进门,打开门厅的灯,换上拖鞋。当我走进卧室的时候,发现书桌上摆着一碗热气腾腾的姜汤,吉莲娜在便笺上留下这样两句话,"小娥,雪天寒气大,把姜汤喝了吧。天短了,外面乱,早点回家。"她的字清丽瘦削,曲曲弯弯,就像飞扬的音符。

那碗姜汤和便笺上的"回家"二字,把我留在了吉莲娜身边。

4

我的第一个男友，是在大三时，室友们的起哄下谈的。确切地说，他被姐妹们当作了一件便宜货，硬塞给我的。她们都说："赵小娥，都大三了，还不找个男朋友！大学不谈场恋爱，等于白读四年！"她们就像考古工作者，四处寻觅"古迹"，把陈二蛋发掘出来。

还不知道陈二蛋是哪个系的，学的什么专业时，一听他这名字，我就摇头，说要是嫁给他，按照我们当地的说法，我就是"二蛋家的"，实在受不了！其中一个小姐妹教育我说，二蛋怎么了？说明他性功能健全，要是一个蛋的，你敢跟他吗？她的话，让整个寝室的人都笑翻了。

陈二蛋与我同校，哲学系的，也是大三学生，比我小一岁。他家在南方，问他具体哪个省份，他咬着舌头文绉绉地说："长江以南。"我们说长江以南的地方多了，到底是哪儿的？他依然是咬着舌头说："都是尘土里来的，分什么东南西北啊。"

我身高一米五七，陈二蛋一米六二，我们都瘦瘦小小的。我小眼睛，尖下巴，发质有点焦枯，陈二蛋也是。我们甚至连气色都相近，脸颊像贴着黄表纸，一看就是营养不良。陈二蛋和我都来自农村，他父母在家种地，哥哥大蛋外出打工，供他上学。而我父母双亡，我上大学，也是跑运输的哥哥供着的。所以我和陈二蛋，对哥哥都有深厚的感情。由于手头拮据，我去食堂拣最贱的饭菜打，使最便宜的牙膏、洗衣粉和卫生巾。衣裳破了，补上接着穿。怕身体出毛病，而没钱医治，我坚持长跑，所以大学四年，我连感冒都很少得。在学业上，我的功课在系里处于中上游。陈二蛋在这些方面与我相反，他不喜欢运动，说是跑步的人要是在他们老家，会被当成疯子。没有急事，跑什么呢！尽管他很用功，可成绩平平，每学期都有挂科的科目。他后悔选择了哲学，说这个专业培养的是真理者，而他是个糊涂虫，脑筋不够。

陈二蛋木讷，说话实在，心地纯洁，给我们寝室的姑娘们带来了无穷的快乐。比如李玲问他"你说我穿花衣服好看吗"，他答"怎么穿也没有孔雀穿得好看"，张颖梅问他"你喜欢尼采还是海德格尔"，他答"都不喜欢，他们的书，我读了脑瓜仁疼"。只要他一来，我们寝室就会笑声不断。大家殷勤给他让座，递上吃的东西，香蕉、果冻、牛奶或是饼干。陈二蛋每次享用的时候，总是不安地看着我，像个可怜巴巴的孩子，生怕我嫌他给自己丢人了。他知道我缺营养，有次吃红富士苹果，他舍不得，轻轻咬了两口，便悄悄揣进兜。出了寝室，他拉着我走进校园的小树林，掏出一把小巧的折叠刀，削去苹果上的齿痕，送到我嘴里。他告诉我，别看他买不起水果，但嘴上没怎么亏着。校园的长椅或草坪上，常遗落着那些家境好的同学吃剩的苹果或梨子，他随身带着小刀，将它们削削皮吃了。他的话和那大半个苹果，吃出了我的泪。我对他说："陈二蛋，这辈子我就是你的人了！"他慌张起来，愁眉苦脸地说："这么大的人给了我，九十来斤呢，我咋养活呀。"弄得我哭笑不得。

我和陈二蛋处了大半年分手了。那年春节他从老家回来，开始冷淡我。我问他是不是有了新女友，他坦诚地告诉我，春节带了张我的照片回家，他父母看了，愁得年都没过好。他们嫌我单细，小脸盘，没福相，还说我胯骨小，恐怕生育上有问题。陈二蛋为难地解释，虽然跟我有了感情，可是万事孝为先，老婆可以不讨，但不能不遵从父母的意愿。就这样，我们和平分手了。我准备考研，而他厌倦了大学生活，说是一拿到毕业证，就奔回家乡。我们在一所大学，可一旦分手，不再约会，就像两颗行星，看似并行着，却有着各自的运行轨道，一连仨月都没碰到过。陈二蛋如愿毕业了，而我考研和考公务员接连失败。

陈二蛋离开哈尔滨的前夜，约我去太阳岛鱼村吃鱼。他那天喝了半斤白酒，一出鱼馆就把我拉到丁香丛中，在无人的地方，抱着我哭了一场，连连说："人生好苦呀！"弄得我满脸都是他的眼泪和鼻涕。我们乘末班公交车穿过江桥，回到市区的学校，他递给我一个厚厚的信封，说是等他离开哈尔滨后再看。我没听他的，当晚回到寝室，就撕开信封。信瓤里是一沓面额不等的人民币，有百元大钞，也有一元两元的零钞，数了数，一共九百块，还有一张信笺，陈二蛋写道："小娥，我永远记着白桦树下的那个夜晚。我对不起你，这点钱是我从嘴里省下来的，微不足道，都说医院能做处女膜的修复手术，你再添上点，去做个吧，将来找个好人家！"我想起了那个晚夏的夜晚，我和他在校园的白桦林里，偷吃禁果的情景。我们都是初次，慌里慌张，再加上一只老鼠扮演夜巡的警察，突然蹿过，吓了我们一跳，没有淋漓的快感。事后陈二蛋怕我怀孕，担惊受怕了一个月，直到我月经如约来潮，他才吁了一口气。为了纪念那个夜晚，他写了四句诗："你看着天上的星星，我看着你眼里的星星；天上的星星是你的金戒指，你眼里的星星是我的皮带扣。"陈二蛋这首富有喜剧色彩的情诗，让我笑出了泪花。

我在陈二蛋启程之际，赶到嘈杂的火车站，将九百块钱还给他。告别时刻，陈二蛋突然热切地对我说："等你长胖了，脸圆了，屁股大了，一定拍张照片寄给我，让我父母再看看！"他的话，让我在告别他后，连头也没回一下——谁会为这样的男人再回头呢！

最终我还是通过考试，应聘到哈尔滨一家发行量不错的市民报。本来我报考的岗位是记者，可是报到时，社长说有个校对员休产假了，让我先顶一下。在报社，校对员跟清扫员差不多，没人待见。但我喜欢这个工作，因为挑错字是我的强项，与各色采访对象打交道，我却力所不及。那位校对员休完产假调走了，我便坐稳了校对员的岗位。黄薇娜是报社文字功夫首屈一指的记者，读她的稿子最畅快，几乎没错可挑。我曾当着众记者对黄薇娜说："报社的记者要是都跟你一样，我就得失业！你的稿子可以直接下印刷厂。"从此后黄薇娜成了我的好友。记得我把初恋说给她听时，黄薇娜叼着烟，恨恨地说："妈的，一个豆芽菜似的二蛋，还敢甩女朋友！把那小子的地址给我，回头我让物流公司送上一头肥母猪，附上一句'新娘驾到'，恶心死他！"

我一搬到柳琴那儿，就在网上认识了宋相奎。我们先是在QQ上聊，觉得投缘，便见了面。宋相奎圆脸，小眼睛，塌鼻子，厚嘴唇，初看是个忠厚的人。他见了我，吧唧一下嘴，说："怎么比我想象的小一号啊？"他是指我的瘦小。我也没客气，回敬他："怎么比我想象的也小一号啊？"宋相奎个子很矮，胖乎乎的，腆着个啤酒肚，他乐了，说："这不就般配了嘛。"

宋相奎也是外县人。他在政府机关工作，待遇比我好，工薪比我高，按理说有能力租独套的房子，可他也是与人合租。宋相奎父亲去世早，母亲身体不好，哥哥三十好几了，因为残疾，一直没娶上媳妇，靠几亩薄田和两头奶牛维持生活。宋相奎心疼母亲和哥哥，处处俭省，每月寄回八百块钱贴补家用。说真的，宋相奎对家人的好，让我死心塌地跟着他了。想着进了他家门，成了他的亲人，他也一样会对我好！

我们相处三个月后，与宋相奎合住的房客去广东出差，那几天我便住在他那儿了。记得我们在一起后迎来的第一个黎明，我心情愉悦地将精心做好的早餐捧上餐桌时，宋相奎却没有表现出相应的热情。直到三天后我离开那里，才明白他为什么不快。他在送我去公交车站的路上，突然问："你的第一次跟的谁？"我想我没必要隐瞒，告诉他是大学的初恋男友。他又问："为什么分手了？"我说："他回南方了，而他父母嫌我单薄，没相中我。"宋相奎怪异地笑了一声，问："还联系吗？"我说："没有。"宋相奎便用手指在我脸上刮了一下，说："这就好。"我以为审讯到此结束了，谁料到了公交站台，他又把嘴凑在我耳边，小声问："为他堕过胎吗？"我摇摇头。他拍了一下我的肩膀，哈哈大笑着，说："看来并不是所有的种子都能发芽的！"

宋相奎的言行激怒了我，我没想到他那么在意那层膜儿，看来陈二蛋当初的担心是有道理的，最了解男人的还是男人。我开始疏远他，可他却像什么事都没发生似的，依然每天发短信问寒问暖，我不回复，他就去我住的地方，咣咣敲门，喊："小娥，我是宋相奎，开门！"我当然不理他，反正柳琴听不见。宋相奎不屈不挠，我不开门，他过两天还来。直到有一天下着大雨，我从门镜看见敲门的他，被雨淋得直打寒战，才开了门。

我们相恋两年后，宋相奎突然告诉我爱上别人了。而我做梦也没想到，这个别人，竟是柳琴！我蓦然想起，有次下班回家，我打开门，发现不光柳琴在，宋相奎也在。问他怎么进得了门，他说来时，正好柳琴出门倒垃圾，碰上了。而事实是，那天屋里的垃圾桶是满的，还没清理。我当时没怀疑他们，因为我不相信宋相奎会喜欢上一个聋哑人。

我们情感的最终破裂，始于对婚姻的向往。

那年春天，我和宋相奎想结婚了，可房子杳无踪影。我的单位不可能分配到经济适用房，宋相奎的单位虽有这待遇，可他工作年限短，职位低，近年还轮不上。我们商量好了，暂时租房住，等经济适用房下来，一步到位。在选择租房地段时，我和他发生了争执。我倾向于市中心小户型的房子，上班方便，而他看上了亚麻厂附近的一套小三居，说是租金少，敞亮，上班多换两路车就是。可我不想每天把两三个小时，浪费在上下班路上。我们争吵不分场合，有时在大街上，有时在柳琴这里，有时在快餐店。吵得最凶的那次，宋相奎恶狠狠地说："干脆分手算了，你他妈住坟里也跟我无关了！"我立刻回敬道："我同意，找个男鬼都比你强！"宋相奎又说："你这种女人，在我们那里都得烂在地里，哪有女人不服从男人的！"我说："那你就回老家，找那种没烂在地里的女人啊。"宋相奎气得两眼冒火，恨不能把我吃了。

这场最伤感情的争吵之后，我们生分了不少。我们不再提结婚的事情。偶尔聚在一起时，话语少了，也不再亲热了。深秋时分，宋相奎跟我提出了分手，说他爱上了柳琴。他厌倦了争吵，而柳琴永远不会用言语伤害他。看我一脸讥讽的样子，他说："千万别往房子上联想啊，我图的不是这个。"

我租住的地方，即将成为他们的婚房！我卷起铺盖时心如刀绞，发誓不再找男友了，可是命运让齐德铭出现了！一个周末的下午，天很冷，齐德铭打来电话，"哎，丫头，房子我帮你租到了，晚上带你看房怎么样？顺便请你吃晚饭。"我告诉他，我和房东和好了，不需租房了。齐德铭说："那你怎么不告诉我？"我撒谎说："我正要打电话跟你说的。"齐德铭说："那怎么办？我都跟房东约好了！这样吧，你还是跟我去一趟，之后我就说你没相中那套房子，不然我怎好回绝人家呢！"我只好答应了。

齐德铭带我看的房子，在南岗区中山花园，是一幢面向马家沟河的高层住宅。乘电梯上楼时，我一阵晕眩。齐德铭看出我的不适，关切地问："你恐高？"我说："有点。"他说："幸好不太高，十一层。"我们从电梯下来，走向西南向的一扇钢青色的铁门。当他掏出钥匙开门时，我吃惊地问："你怎么有房东家的钥匙？"他笑而不答，进得门里，才对我说："从现在起，我就是你的房东了。你不必交房租，随时来住，随时可走，没有租期！"

我晕头晕脑，不知所措。他将一套钥匙交到我手上，然后引我入厨房。只见银灰色的大理石灶台上，摆着几盘半成品的菜。齐德铭将一条蓝白格子围裙扔给我，冲我眨着眼睛，说："不介意吧？我想看看你厨艺怎么样。"

我知道扎上这条围裙，就是他的厨娘了。

5

我和齐德铭相恋的那个冬天,哈尔滨的雪比哪一年都大。雪是恋人的福音书啊。一到下雪的日子,我就跟吉莲娜说在单位加班,晚上回不去了。冬季天黑得早,没等我们下班呢,太阳先下班了,它四点来钟便落了。我喜欢迎着飞雪,踏着乳黄的灯影,步行到齐德铭那儿。跨过霁虹桥,穿过喧闹的火车站,离西大直街的家乐福超市就不远了。每次约会,我都要先到家乐福,为雪夜的晚餐做准备。十二月的哈尔滨,气温降至零下二三十度。怕蔬菜冻伤,我用的是轧着丝绵的菜兜。从家乐福到中山花园,步行十多分钟就到了。齐德铭喜欢红烧肉和糖醋鱼，蔬菜中最得意的是菠菜和西红柿。天地苍茫，可我菜兜里姹紫嫣红的。那样的夜晚，我们吃过饭，洗过澡，便奔向床了。雪夜的床是颗大蜜枣，彻头彻尾地甜。

齐德铭比我大三岁，母亲去世早。他有个妹妹，在澳大利亚留学。他父亲的人生跌宕起伏，富有戏剧性。曾是一家大型私企副总的他，栽在一场酒局上。有一年他陪同几个南方客商吃饭，酒过三巡，一个客商说跟东北人做生意真好，东北人傻，不计较小钱，随便签个单子，就有赚头。齐德铭的父亲一听这话火了，与之争执起来，最后动了手。他借着酒劲，将酒瓶砸向那个客商的脑袋！就这一下，把两个人打进深渊。南方客商虽说没成植物人，但脑力不济，整日昏沉；而且他的视神经受损严重，成了半瞎；齐德铭的父亲赔尽家底不说，还坐了四年牢。他出狱后，原来的企业早没了他的职位，他只能二度创业。凭着丰富的从商经验，他在银行贷款，先在南岗开了家物流公司，三年后还完贷款，用赚来的钱，又在道外开了家印刷厂。他在狱中结识了不少因贫穷铤而走险的罪犯，深切同情他们，所以他公司和厂子招募的，多是刑满释放人员。齐德铭说父亲常挂在嘴边的话是，"给他们活路，谁会往死路上走？"

齐德铭提起父亲，有股崇拜之情，每周要去探望他一次。我问他是否有继母，齐德铭说："这些年来，我爸身边没断过女人，可他从没考虑过再婚，我想他还是忘不了我妈吧。他在狱中那几年，我每次探监，他嘱咐我的事儿，都跟我妈有关。三月去看他，他让我清明节时，别忘了给我妈的墓地供红皮鸡蛋，再插上一枝柳，这都是她喜欢的；夏天去看他，他说七月十五的时候，别忘了在松花江上给我妈放盏河灯，河灯里撒上几粒玉米，我妈最爱玉米了，说玉米是粮食中的星星；等到冬天探监时，他老早就提醒我，进了腊月就给你妈上坟去吧，多烧点纸钱，别让她在那儿穷着。他对我妈的好，一直没变，所以我老觉得妈妈没死。"我问他母亲是什么样的女人，能让他父亲这么生死不忘，齐德铭说，他妈妈并不漂亮，也没工作，就是贤惠。齐德铭的爷爷肝癌晚期时，他父亲忙于商务，伺候老人的任务，就落在了他妈妈肩上。足足俩月，这个孝顺的儿媳，没黑没白地守在公公的病榻前，直至老人平静地吐出最后一口气。齐德铭告诉我，葬完爷爷，烧头七的那天，他母亲突发心脏病去世，谁都明白，她是伺候公公累死的。我以为齐德铭的爷爷和母亲脚前脚后走，一定埋在了同一块墓地，齐德铭摇头说："我爸恨我爷爷，说你死了，还要把我媳妇给带走，太自私了，还指望着她在那里伺候你啊？我可不能让她累死两回！"

我打扫齐德铭的房间时，发现了女孩子留下的痕迹。卧室衣柜的抽屉里，在一沓白衬衫中，夹着一件银粉色的女式衬衫，尺码很小，看得出那个女孩也是娇小玲珑的；玄关的衣帽架里，有一副女式手套，大尺码的，感觉与那件银粉色衬衫，不是同一个主人。洗浴间的一个旧牙缸里，有一只小巧的湖蓝色蝴蝶夹，发夹镶嵌着亮晶晶的水钻。齐德铭也不避讳，告诉我他谈过三个女友了。至于为什么吹了，他没说，我也无从猜测。

吉莲娜对我频繁加班，终于产生了怀疑。一天晚上，她祷告过后，来到我房间，说："你要是有了更好的住处，就搬走吧，咱们两下方便。你不回来住，虽说提前打了招呼，可夜里走廊一有脚步声，我就以为你被人赶出来了，总得起床看看。你也知道，我睡眠本来就不好。"

吉莲娜的话令我感动，但我还是撒了谎，说："单位年底忙，除了校对，我还干点采编的活儿，所以常加班，等过了年就好了。"说这话时，我结巴着，脸也红了。

吉莲娜咳嗽了一声，说："你每次加班回来，身上的味道可不怎么样！"

齐德铭烟吸得厉害，跟他在一起，等于钻进了烟道。

我明白吉莲娜那只高高隆起的鼻子，就像测谎仪，依然像年轻人那么灵敏。我低下头，轻声说："对不起，吉莲娜——"

"他是做什么的？"吉莲娜单刀直入地问。

我只能如实交代了，"制药厂——做销售的。"

"你是怕将来得病没药吃？"吉莲娜说完，温柔地笑了，再次原谅了我。

我知道吉莲娜七十岁之后，不再去医院看病了，药也极少吃，她说她把生命交给神了。

而我还年轻，年轻的生命爱把生命交给人，虽说往往交付错了。

我不想离开吉莲娜，我和齐德铭相处太短，发展过快，是否真爱，有待考验。毕竟他各方面的条件，都优于我。我怕有一天他会像宋相奎一样，突然提出分手。

从那个夜晚开始，吉莲娜每隔三五天，会给我讲一段犹太经书，大约觉得我身上的浊气，需要散发着清洁之气的故事，才能洗净。因为耳朵灌满了经书内容，有天晚上，我竟然梦见了摩西！摩西半人半神的模样，一袭银白色长袍，一头飞瀑似的长发。他的长袍像月光一样柔软明净，发丝则如阳光般热烈灿烂。他的嘴里不断地喷出清凉的春水。我把梦说给吉莲娜时，她正提着奶壶倒牛奶。她显然被这个梦惊着了，牛奶倒在杯子外了。

我梦见摩西的那个周末，齐德铭要去兰州出差。想到西北风沙大，我特意买了件湖蓝色抓绒衣，嘱咐他冷时加衣。他出发前夜，我打开旅行箱塞抓绒衣时，发现了两样让我不愉快的物品：一盒避孕套，还有一件寿衣。

一开始，我并不知道那是寿衣。只见旅行箱的尼龙网扣夹层里，有件鲜艳的缎子衣服。对于衣服，我本没那么大的好奇心，可因为发现了避孕套，心里刺痛，不好质问他，只能以衣服为借口，将话题引向旅行箱，希望他自觉做出解释。

我故作轻松地问："齐德铭，你旅行箱里怎么有件缎子衣服呀？那可是地主穿的，你不怕把自己穿腐朽了？"

齐德铭刚刮完胡子，他摸着光溜溜的下巴，从洗手间走过来，怪笑一声，说："赵小娥，你想看那件衣服吗？我可告诉你，我的一个女朋友，就是被这件衣服吓跑的！"

哪怕那是潘多拉盒子，我也想打开，一探究竟。

我刺啦啦拉开夹层拉链，取出衣服!

它是件宽松的大袍，杏黄色的底子上，印有青龙和五彩祥云，没有纽扣，腰部拢着一条明黄色的带子，看上去像和尚服。齐德铭告诉我，这是他的寿衣，他二十岁生日时，特意去寿衣店为自己定制的。他说做寿衣最好赶在闰年，可以增寿，而那年刚好是闰年。他自嘲着说，过去皇帝的寿衣才配用龙的图案，现在草民也能用了，这说明社会进步了。人们在生的面前还没有解决的平等问题，在死亡面前已经实现了。

我虽没像他前女友那样被寿衣吓跑，但一阵作呕，感觉手上拎着的，是从千年墓葬发掘出的陈腐尸衣。我扔下寿衣，跑到卫生间吐了。

事后齐德铭告诉我，当时他以为我是窥见避孕套引起的生理反应，他不相信一件寿衣，会让一个女孩呕吐。齐德铭跟过来，帮我捶着背，解释着："干我们这一行的，去外地谈业务，签下合同，就得庆贺一下。吃饱了喝足了，免不了要去洗浴中心泡个妞儿，这也是抗拒不了的，人生苦短啊。其实痛快完，也就忘了。就像我爸，不管睡过多少女人，心中只有我妈。我用那玩意，是防范一下，也是对你负责。你要是嫌恶心，没关系，你可以选择离开我。"

呕吐呛出了我的眼泪，我傻乎乎地问："如果我们结婚了,你是不是就不会这样了?"

齐德铭哈哈笑了,他没回答我的问题,而是点起一颗烟,告诉我他为什么早早备下寿衣,并且习惯了带着寿衣旅行。他说这世界越来越不太平了,来自社会的、大自然的,以及人自身的灾难,难以预料。比如公共汽车有人蓄意爆炸,地铁的自动扶梯存在安全隐患,一些宾馆和酒店的防火通道不畅通,酒驾和毒驾的人与日俱增;饭店里假酒盛行,抢劫伤人的事件屡屡发生,地震前所未有地活跃,而在快节奏的生活和污染日甚的环境中,人们的心脑血管越来越脆弱,猝死街头的人屡见不鲜。齐德铭说,那些致人死亡的因素,合手织就了一张看不见的网,每时每刻威胁着我们。只要我们被其中的一根线缠住,户口就得迁到西天去了。

"你要是在旅途中意外死了,怎么穿上寿衣呢?你不可能每天拎着寿衣出门吧?就是拎上的话,你死了,谁能知道那是寿衣?谁又愿意帮你穿上寿衣呢?"说这话时,我牙齿打战。

齐德铭说:"这你就不用操心了,我自有安排。"

我说:"如果你遭遇火灾或是空难,寿衣跟你一起灰飞烟灭,你想穿它都没可能了。还有,万一你的行李在托运中遗失,寿衣不也跟着没了吗?"

齐德铭咆哮道:"滚——你个乌鸦嘴!"他将烟头撇向我,疯了一样。

我一边穿外套撤退,一边说:"你连寿衣都备下了,还在意我说得难听吗?"

齐德铭没吭气,他的眼睛那一刻好像失火了,血红血红的。

已是晚上八点五十,我不可能九点前赶回吉莲娜家了。那一刻,我很想尝尝香烟的味道。我到楼下小卖店买了包烟,一个一次性打火机,走向小区地下游泳馆入口的通道。我发现,不仅我喜欢那个温暖的通道,流浪猫也喜欢。薄白的灯影下,三只幽灵似的猫蜷伏在地上。它们见了我直起脖子,瞪着圆溜溜的眼睛,仿佛抗议我侵占了它们的领地。我想它们一定饥饿,把包里吃剩的半袋膨化玉米,撒给它们。我抽第一颗烟时,流浪猫奔向食品。可那如落叶般轻飘飘的膨化玉米,它们只是用嘴舔了舔,便舍弃了。估计是食品的各种添加剂,让它们不能容忍。人吃起来香喷喷的食品,在它们眼里,竟不如鼠肉好吃!我抽着烟,而猫们将膨化玉米,当球把玩着,用爪子推来推去。其中一只猫,只有半截尾巴,它玩得最为快活。抽完三颗烟,我品出了香味,心想难怪要叫它们香烟呢。不过多一种嗜好,就多一项开支,万一吸上瘾,我的钱袋就遭殃了。我将香烟和打火机扔进垃圾箱,准备到附近的快捷旅馆住一宿。刚走出通道,手机响了,竟然是吉莲娜打来的,"小娥,我的窗帘钩掉了一个,窗帘拉不严了,我怎么也睡不着。你能不能回来帮我换个窗帘钩?这么晚了,家政服务员也不可能上门了。"我得救般地说:"我马上回来!"

吉莲娜毕竟年岁大了,腿脚又不好,换洗窗帘,擦拭门窗、天棚、吊柜等这类攀高的活儿,一到换季时节,她都是请计时工来做的。那天掉下的窗帘钩,在我眼里就是银钩子,帮我勾销了那个夜晚的花费。

回到吉莲娜家,脱掉毡靴,享用完她递上的一杯热牛奶,我开始换窗帘钩。我从阳台搬来不锈钢折叠梯,打开,拿着备用的窗帘钩,攀到梯子顶部。吉莲娜在地下一个劲地嘱咐我小心点。房子举架高,她卧室的窗帘,也就比别人家的要长出一截,非常飘逸。窗帘是米色的,印有银粉的团花,镶着杏黄色流苏,洋气漂亮,窗帘间悬挂着波纹状布幔。其实在我眼里,冬季不拉窗帘都可以,因为黑夜漫长,它就是沉重的窗帘,你想拉都拉不开。窗帘钩是硬塑的,这种材质一旦老化,跟患了骨质疏松症一样,极易摧折,我建议她换成铜钩子。

吉莲娜说:"那就等逾越节时换。"

逾越节是犹太人的传统节日,大约在每年的春天。

我下梯子的时候,看了一眼站在地上的吉莲娜。柔和的灯光下,穿着蓝花棉布睡袍的她,就像一尊古雅的青瓷花瓶。她这动人的躯壳里,难道就没燃烧过爱情的火焰?黄薇娜对我说过,采访吉莲娜时,什么都可以问,就是不能触及她的情感世界。一提这个话题,她就沉默。

我回到房间,躺在床上,蓦然想起齐德铭朝我掷来的烟头,是没有熄灭的。万一他忘记踩灭,蒙头大睡,引起火灾怎么办?即便分手,我也不希望他出意外。我发了条短信给他,"踩灭烟头,你才会有美梦!"齐德铭很快回复,"跟你在一起,哪他妈会有美梦!"

我在暗夜中打了自己一巴掌。

6

生活在哈尔滨的犹太人,大都来自俄国。中东铁路开筑后,犹太人开始涌入哈尔滨,他们中有工程技术人员、教师、医生、传教士,更多的则是商人。犹太人勤劳、聪明,天生是做生意的能手。这些商人从事着畜牧、大豆出口、船运、磨粉、卷烟、制糖、皮毛、啤酒酿造等行业。俄国十月革命爆发后,苏维埃武装夺取沙俄政权,内战激化,反犹风暴不断升级,一些犹太人不堪凌辱,经由西伯利亚逃至中国。吉莲娜的母亲和她的外祖父,就是那个年代来到哈尔滨的。当时吉莲娜还在母亲的肚子里,六个月大。她的生父是小提琴制造师，被反犹分子，在叶卡捷林堡用乱石活活打死。

吉莲娜生于上世纪二十年代初，那时哈尔滨的商业已很繁荣了。吉莲娜的外祖父是个靴匠，母亲是护士。来到哈尔滨后，外祖父在一家皮革厂干他的老本行，母亲则在犹太妇女慈善会工作，他们周末常带吉莲娜去剧场。别人家去剧场欢欢喜喜的，吉莲娜一家却悲悲戚戚的。吉莲娜长大后才明白，外祖父和母亲，是带着她凭吊爱好音乐的父亲去了。

吉莲娜五岁练习舞蹈，七岁学习音乐。她十岁时，母亲再婚了，继父也是犹太人，来自波兰。中东铁路开筑后，需要大量枕木，他看到了大好商机，做起木材生意，攒下家底。他和吉莲娜的母亲结婚时，已是犹太国民银行的大股东了。他们婚后生了一个男孩。不过，吉莲娜家壁炉上摆着的亲人照片中，并没有她继父，她同母异父的弟弟却在其中。吉莲娜这个唯一的弟弟，看上去英气逼人。如果按他的气质揣测他的生父，该是个风流倜傥的人物。在那些照片中，有一个人占据的镜框与众不同，它青铜质地，菱形，边缘处有着卷云状装饰物，好像五线谱。被镶嵌在里面的人，是吉莲娜的生父。黄薇娜说，吉莲娜谈家事，可以兴味盎然地讲他外祖父喝醉了酒，如何在夏夜的露台上唱歌；讲她母亲烤鱼时，家里的馋嘴老猫怎样守在炉台前，尾巴被火给燎着了；讲她弟弟头一次上溜冰场时，一跤摔掉了两颗门牙；而问到她继父，她只是淡淡应一句："他抽大烟，下场不好。"据说他是因吸食过量大烟而丧命的。继父死后，吉莲娜的弟弟被在美国寡居的姑妈接走，成人后在加利福尼亚经营一个农场，四十八岁病死，埋在他热爱的农场里，与他的父母，彻底地远隔重洋了。我注意到，吉莲娜用银粉的丝绸手帕擦拭亲人的照片时，一捧起弟弟的，总要拂拭很久，大概怜惜他的短寿吧。

黄薇娜说，她陪一个以色列文化访问团去哈尔滨东郊的皇山犹太公墓参观时，意外地发现吉莲娜母亲的墓，和她外祖父相挨着，而与她继父的墓相距遥远。黄薇娜判断，吉莲娜的母亲并不爱第二个丈夫，否则她会留下遗嘱，让吉莲娜把他们葬在一处的。

可我并不这么看。因为料理母亲后事的是吉莲娜，如果她憎恨继父，完全有可能不执行母亲的遗嘱。在我看来，非血缘关系的亲情，是将两条不相干的支流，非要汇聚在一条河床上。当然，运气好的会冲破藩篱，彼此相融；而运气差的，各奔前程，两相无干，这点我深有体会。

我出生在克山附近的一座小村，那里土质肥沃，盛产土豆。流经小村的乌裕尔河非常清澈，人们把河当成了公用洗衣盆、洗澡堂和副食库，在那里洗衣裳、洗澡、捞鱼虾。我父亲是村委会的会计，算盘打得好，母亲是种地的。父亲患有甲亢，又干又瘦，总是害饿，只要他睁着眼，手里几乎不离吃的东西。他眼球暴突，蓄着浓密的胡子，他发怒时，我总想他的眼珠子万一掉下来，就是落在猪草上了——他的胡子脏兮兮的。从我记事时起，我和母亲一直受父亲的羞辱。他常指着母亲的鼻子骂："你个贱货——"而他总看我不顺眼，常揪着我的辫子，一叠声地骂："小杂种！"

父亲对我动辄打骂，但对我哥，却是百般疼爱，从不碰他一指头，好吃的好穿的都留给他。哥哥受宠，但并不骄横。他一得到好吃的，总要分点给我。

我确切知道父亲不是亲生的，是从姑姑嘴里。那年我刚上小学，暑假的时候，在齐齐哈尔的姑姑来了。姑姑中等个，倭瓜脸，小眼睛，塌鼻子，两个嘴角不对称，一高一低，皮肤粗糙得跟猪皮似的，出奇的丑。姑姑在夜市摆地摊，卖廉价衣服，把自己也搞成了个地摊，穿得花里胡哨的。她一来，我家的花公鸡老是啄她的脚，大概嫌她比自己穿得鲜艳吧。姑姑那次来，给我母亲一万块钱，想领走我，说我要去的那户人家，是养羊大户，很富裕。他家有两个男孩了，想要个女孩，可那女人后来子宫摘除了，只好领养一个。母亲把那一万块钱还给姑姑，说："小娥都这么大了，送不出去的。"父亲咆哮道："有什么送不出去的？！她才八岁，懂个屁！"母亲说："那里离克山又不远，她有记性了，早晚还得跑回来。"父亲说："我戳瞎她的眼睛，让她记不得回来的路！"父亲凶恶的话，把我吓哭了。母亲平静地从里屋取出一把剪子，递给父亲，说是你敢把小娥送人，就先扎瞎我的眼睛吧！父亲没接剪子，气得直抖，说他该戳瞎的，是自己的眼睛！因为他这辈子最后悔的事情，就是娶我母亲。他说我母亲狐狸脸，杨柳腰，桃花眼，薄嘴唇，高颧骨，要搁过去就是个窑姐，早该听我奶奶的，不娶这种狐媚相的女人，那样家里就太平了。父亲赤红着眼睛骂母亲，"村里这么多女人，强奸犯怎么单单遇上你？还不是你身上有股骚气！"姑姑一边夺母亲手中的剪子，一边满嘴飞着唾沫星子说："嫂子，不是我当小姑子的多嘴，小娥身上血脉不好，早送出去早太平。她长大了，指不定给你惹什么祸呢。"母亲红了眼圈，说："只要我活着，休想把她送人！"

姑姑没领走我，从此我们家常丢剪子，我把它们扔到村中的厕所了，母亲只好一再添置。掏粪的老头一捞着剪子，就要满村打听：谁家的女人在厕所掉了剪子？母亲明白是我干的那天，抱着我号啕大哭，告诉我只要她在，我的眼睛就不会受到伤害，我这才罢手。

母亲在我十二岁时病死了。她下葬的时候，我在炎炎烈日下瑟瑟发抖。我知道没了母亲，即便没有剪子戳我的眼睛，它们也等于失去光亮了。

母亲去世半年后，父亲再婚了。

那女人是邻村一个离婚的小媳妇，比我父亲小十岁，模样俊俏，但生性懒惰，轻佻风骚，家务活和农活没有一样拿得起来的。她嗜赌成性，三天不摸麻将牌就手痒。父亲和她成亲半个月，便叫苦不迭，说是上了媒婆的当。在媒婆嘴里，继母贤惠能干，品德高尚。而事实是，她蒸馒头都不会使碱，洗衣服没有洗透亮的时候。最要命的是杂草禾苗不分，她下田铲地，留在垄台上的可能是草，而颓败地躺在垄沟被铲掉的，却是禾苗。因为这，我那当惯了甩手掌柜的父亲，不得不亲自下田了。

我最怕继母打牌输了，她回家后不痛快，不敢拿父亲和哥哥撒气，我和家里的狗就遭殃了！她拿着烧火棍，啪啪啪地打狗头，骂它看家时东张西望（哪条狗不喜欢东张西望呢），嫌它没有看住鸡，鸡溜进屋子，跳到灶台，把剩下的米饭吃了多半（狗拴着锁链,如何撵鸡呢);她骂我没有及时掏炉灰,火烧不旺,总是憋烟,呛了她的嗓子;嫌我指甲里嵌着黑泥,跟屎一样,败坏了她的胃口;怨我睡觉时磨牙,把蛐蛐儿好听的叫声给弄得支离破碎。总之,我和狗一无是处。她惩罚狗,是不给它吃食,饿得它连唤食儿的力气都没有了;而惩罚我的方式多种多样,有时让我吃馊饭,有时让我去雪地捕鸟,说她馋鸟肉了。最让我不能容忍的,是她扔过来一条血迹斑斑的经期穿的短裤,让我洗干净了。有一年我的棉鞋破了,她说给买双新的,一直没兑现。一个下雪的日子,她输了牌回家,说要领我去买棉鞋,但我必须站在滚烫的炉台上,把旧鞋的胶底给烙掉!如果旧的不去,新的就不能来。我知道站上炉台,我的脚就成烤鸭了!我跟她叫板,说要是她敢那样站在炉台上,哪怕一分钟,我会给她天天洗脚!继母扑过来,说你个野种,还敢跟我顶嘴!她把我按倒在地,拧我大腿的时候,哥哥回来了。哥哥操起继母打狗的烧火棍,照着她的脊背一顿猛打。从那以后,继母对我收敛多了。她四处张罗给哥哥介绍对象,说是男孩子大了,再吃父母的是可耻的,得自己顶起门户过日子了。其实哥哥那时有女友了,女孩的父亲是跑运输的,哥哥学会了开车,拿到驾照,已经在偷偷帮她家干活了。他最终成了倒插门的女婿，父亲从此后在村里更加抬不起头来。也是啊，他的前妻被人强奸，至今是个悬案，他膝下的女儿不是亲生的，而他的儿子用一场婚姻，无知无觉地成了别人家的儿子。他后找的媳妇呢，一堆恶习不说，还给他戴绿帽子！继母勾搭上开诊所的老杨，一想他就装病，要去扎针。父亲这时会咬牙切齿地说："去扎吧，扎死算了！"继母也不介意，飘飘摇摇地找相好的去了。

我从家人和村人的口中，渐渐知道了母亲的遭遇。她嫁给父亲的当月，爷爷去世了。奶奶认定母亲是丧门星，说她想多活几年，卷起铺盖离开克山，去了齐齐哈尔的姑姑家。母亲婚后第二年生下了哥哥。哥哥五岁的那年夏天，父亲去哈尔滨参加为期半个月的农村基层财会人员培训班，他走后的第六天，是阴历七月十五的"鬼节"。母亲给爷爷上坟，在坟地被人强奸了。当然，强奸的事情，是我三岁时才被人发现的，那之前父亲一直以为我是他亲生的。那年我在屋外玩耍，被一辆摩托车撞倒，血流喷涌，危在旦夕，需要大量输血，父亲得以发现我的血型跟他毫无关系。我转危为安了，母亲却危在旦夕了。父亲认定母亲是跟村里人不干净了，他锁定了三个嫌疑人：村支书、张兽医和牟铁匠。他们三个人，一个有权，一个有钱，

055

一个有力气。在他眼里，女人出轨，逃不出这"三劫"。父亲把母亲关在屋子里，不给她吃喝，审了两天两夜，她也没吐出一个字。父亲恼怒了，拿出自制的雷管，声言要把他怀疑的男人全都炸死，母亲这才道出实情，说如果我不是父亲的，那一定就是强奸犯的。其实母亲在孕育我的过程中，也不知我不是父亲的。因为她遭强奸一周后，父亲就从哈尔滨学习回来了，他们有正常的夫妻生活。

父亲一听我是强奸犯的女儿，气得晕头转向，一会儿说要把我当柴烧了，一会儿又说要把我扔进茅坑沤肥。总之，邻人说我一夜之间从宝贝变成垃圾。他审完母亲，就带着哥哥去验血，看看他是否也有问题。比父亲还要愤怒的，是我奶奶。母亲是在我爷爷坟头被人强奸的，奶奶非说我爷爷这老不死的"扒灰"了——好像爷爷在坟里能伸胳膊撂腿儿似的。奶奶咒骂爷爷，发誓死后不跟他"并骨"，认定那片坟地不干净了。而事实是，我五岁的时候，奶奶感觉生命快到尽头的时候，还是回到克山，死在这里。哥哥说奶奶临终前拉着父亲的手，无奈地说："还是把我跟那老东西埋一块吧。他对不起我，我不能对不起他。"在奶奶的葬礼上，我被关进仓房，像一只见不得天光的老鼠似的。我不能像哥哥一样为奶奶披麻戴孝，父亲认为我没那个资格。

父亲和村人对我的唾弃，伴随着我的成长。我身世暴露的那年，尽管距离事情发生已几年了，父亲还是报了案。据说派出所的人来我家向母亲了解案发情况时，母亲极不配合，这使很多人认为母亲有相好的，强奸只是她的借口而已。

母亲病危时把我唤到跟前，嘱咐我好好学习，忘掉身世，说是人生苦短，一定要快乐。可我怎么快乐得起来呢，尤其是成年以后，总觉得身上流着肮脏的血！最让我不能忍受的，是村子里流传的一种说法，说我是母亲与鬼生的孩子，我压根就不是人！因为母亲被强奸的那天是鬼节，而且是黄昏时分。太阳下山了，鬼就出来了。

一般的人家上坟，都在上午。据说母亲那年之所以傍晚上坟，是因为父亲不在家，她忘了那天是鬼节。当她从田里铲土豆归来，路过村口，见十字路口遗落着一堆堆焚烧纸钱的灰迹，才醒悟鬼节到了，赶紧去杂货店买烧酒和纸钱，给我爷爷上坟。没想到的是，她怀了个"鬼胎"归来。

父亲和继母过得极不如意，郁郁寡欢。他的甲亢病越来越重，心动过速，常常气促，瘦得跟人干似的，整张脸如一片死海，而他暴突的眼睛，似乎想做这死海的航标灯。然而他终究没能走出迷航，我高考的那年春天，他上吊自尽了。有人说父亲是因贪污公款败露，畏罪自杀的，因为他死后，有几笔重要的账目，一直对不上；还有人说他是不堪忍受疾病的折磨和我继母的出轨，为了解脱痛苦。

奶奶去世前有言在先，不许母亲进赵家在东山岗的祖坟，因为她不干净。所以母亲死后，父亲把她葬在西岗，那里埋的多是横死、早夭和无儿无女之人。父亲死后，哥哥想把他葬在母亲身边，毕竟他们是他的生身父母，可我坚决反对。我担心他到了母亲那儿，依然恶语相加，让母亲在另一世受辱。我威胁哥哥，你敢把父亲埋在西岗，我就去掘坟！最终是姑姑无意中帮了我的忙，她说父亲是赵家人，自然要进东山岗赵家的祖坟。

父亲停尸期间，继母打牌惹下的债主，纷纷上门讨债。父亲没了，他们知道继母的钱柜倒了，肆无忌惮地要搬我家的东西。他们像一群蝗虫，奔向电视机、洗衣机、自行车、电饭煲和家具。为父亲守灵的姑姑愤怒了，她抡起冬天捕鱼用的冰钎，如手持长矛武士，冲向债主，吓得他们纷纷逃命。姑姑放出狠话，说赌博是违法的，世界上就没有赌债这一说！谁敢动她哥哥家的东西，哪怕一针一线，都会让他脑浆迸裂！继母是个厉害的主儿，但在姑姑面前，就是小巫见大巫了。姑姑最终拿出一纸经过认证的父亲的遗书，让继母净身出户，将房屋归在哥哥名下，田地归到她自己名下，我则什么也没继承。这很正常，无论遗书是否伪造的，无论父亲活着还是死去，我清楚地知道，他都不希望我从他那儿，捞到一滴"油水"。

哥哥住在岳父家，跑运输，房子一直闲置，姑姑便打起了这房子的主意。她把齐齐哈尔的房子出租，和姑父搬到克山。她吃得起辛苦，夏天种地，冬季打鱼，还养了一群鸡。她种的土豆跟她一样圆润肥硕，销路极好。最近哥哥在电话中告诉我，村子搞新农村建设，征地盖楼，家里的旧房将动迁。拆迁补偿标准还没出来，姑姑便跟哥哥说，要平分动迁款。理由很简单，不是她花钱修葺房子，这房子早塌了。她还说哥哥不分给她动迁款也行，把修房钱补她就是。她开出的价钱是六万。哥哥气愤地说，姑姑只不过换了两扇窗户而已，难不成那窗框是描金的？

7

我的身世,自我离开克山上大学起,没跟任何人讲过。哥哥嘱咐我找男友的时候,千万不能把这事告诉对方,说男人都会忌讳。好像一个强奸犯的女儿,天生就失去了贞洁。

我憎恨生父,是他把母亲和我推进深渊的。如果母亲健在,我会鼓起勇气,详细问她案发时的情景。虽然暮色沉沉,月亮没升起来,但那样的时刻,天不会很黑,她应该依稀辨得人的形影,高矮胖瘦,脸部大致轮廓,说话的声音,甚至口腔的气味,不可能一点印象都没有。

我在网络上游荡，最常去的，就是各地的公安网。我去搜罗那些在年龄上可以做我父亲的通缉犯照片，看我与他们是否有相像之处。有的时候，我看着他们，恍惚之中，竟忘了自己的模样。我随身携带的小镜子，不像别的女孩是为了描眉涂唇，而是在比对通缉犯照片时，窥镜自视，两相对照。

我觉得强奸母亲的人，离我们村子不会很远，他应该是克山一带的人，而且他亲人的坟墓可能在东山岗，不然他干吗鬼节那天出现在坟场？为此，我曾在大学暑假回乡时，悄悄来到东山岗，像做田野调查的学者似的，将那片坟地墓碑上的名字，抄录在笔记本上，逐一排查。我没有发现异常，那里埋的都是本村人。

没有在墓碑上找到蛛丝马迹，我又去了相邻的三个村子，打听那里是否有过强奸犯？结果也是令人失望。三个村子三十年来，只出过一个盗窃犯，罪犯比我还年轻。

有时夜里睡不着，我便胡思乱想，如果我真像村人说的那样，是母亲与鬼生的孩子，我便是半人半鬼了。我睡熟时，"鬼"的那一面会不会隐现？我会变成什么？一只火狐狸？一条青蛇？一个吃人的妖怪？凡是跟妖魔鬼怪搭得上边的，我都会联想到自己身上。

有一次我在宋相奎那儿过夜，梦见自己变成一条大鱼，遍体鳞片。醒来时我吓坏了，一个劲地问他："我身上是不是长了鳞片？你仔细看看！"宋相奎睡眼惺忪地看了我一眼，将赤条条的我揽入怀中，温柔地说："真滑溜，哪有鳞片。要是真有就好了，我还没吃过这么大的鱼呢。"可我还是恐慌，从他怀中挣脱，跑到洗手间的镜子前，瞪大眼睛，反复地照。宋相奎的租屋虽然破旧，但洗手间比较奢侈，宽敞不说，还有扇向东的窗子。晨光将镜子镀上一层乳黄的光影，镜中的我一派少女的姿态，肌肤光洁，没有瑕疵，可我却觉得嘴里漫溢着腥气，身后仿佛涌动着海的波涛，我落泪了。

我和齐德铭之间的那场冲突，伤透了感情，我们的关系从沸点降至冰点，不再联系。我尽量克制自己不去想他，可是圣诞到新年的那一周，我深陷对他的思念之中。想着他带着寿衣去兰州，没准遭遇了不测。我上网查询齐德铭外出期间，兰州发生过的一些事故，有什么人在其中丧生。排除了他客死他乡的可能后，我把目标转向哈尔滨，那些致人意外死亡的事件，全被我过滤一遍。我甚至给久不联系的大学同学李玲打了电话，问皇山火葬场近期火化的名单中，有没有个叫齐德铭的，因为李玲的父亲是那儿的火化工。

如果你对分手了的男友依然牵肠挂肚,这只能说,他在你心底留下了爱的波涛。

这真让人沮丧!

吉莲娜察觉到我和男友之间出问题了,新年前夜,她给花盆松过土,带着满身香草气息走进我卧室,说:"小娥,明天要是没约会的话,下午三点一起到马迭尔吃西餐好吗?"

我说:"好的,我没约会。"

其实我不喜欢吃西餐,价格贵不说,西餐太讲究仪式了。一排排刀叉横在面前,没有木制和竹制的筷子,来得亲切。尤其是握着刀叉对付半生不熟的牛扒时,看着盘底渗出的血迹,总觉得手里拿着的是手术刀,盘中鲜血淋漓的东西,则是被切割下来的坏掉的器官,让人反胃。我喜欢的,还是那些价格实惠的中餐小店所做的家常菜。

新年的早晨,我先出了门,到附近小店吃了碗面,然后去花店给吉莲娜买了一束火红的康乃馨和一把鹅黄的洋桔梗。怕花冻着,我特意穿上肥大的花棉袄,将它们掖在胸间;又怕花儿脱落,在腰际束了条皮带。

吉莲娜见我出去一趟,回来后胸脯高了,肚腹大了,她瞪大了眼睛。当我解开纽扣,亮出鲜花时,吉莲娜"啊——"地叫了一声,说:"怀春少女!"

除了鲜花，我还送她一副羊绒护膝，而她也为我备下了新年礼物：一条水红色兔绒围巾。她说这条围巾配上我那件短款白毛衣，就是雪地红梅！吉莲娜做过音乐老师，也教过绘画。绘画和音乐，无疑是高山流水，千古知音。徜徉其间的吉莲娜，被浸润得就像一幅画，一串音符。我告诉吉莲娜，我还没见过梅花呢，在克山，我见到最多的花儿，是野地的菊花和田间的土豆花。我说母亲坟前的野菊花很繁盛，黄色、白色、紫色的都有。吉莲娜一边插花，一边问我母亲是怎么死的，多少年了。我说我十二岁时母亲就病死了，吉莲娜"哦——"了一声，用手抚弄着洋桔梗柔软的花朵，说："那你有后妈了？"我点点头，说娶了后妈的父亲自尽了，后妈最终又嫁了人，做别人的后妈去了。吉莲娜同情地看着我，叹息一声，说："好花不常开呀——"怕惹我伤心吧，她讲起二十多岁时，去苏州看梅花的情景。说是三月的时令，哈尔滨还冰天雪地呢，那里已是春风拂动了。她在香雪海，恰逢一场雪，感觉老天嫌梅园不够热闹，又撒来大朵大朵的白梅！香雪海的梅花中，最艳的是红梅，像灯盏一样；最优雅的是紫梅，就像女人衣服上的盘扣；可最动人的，还是白梅。吉莲娜说白梅是最接近神灵的花朵！她说康熙和乾隆多次下江南赏梅，在她想来，就是为了沾沾花朵的仙气。吉莲娜说起梅花，不知怎的眼角湿了。女人和花儿的故事，多半是凄婉的吧。记得我正想换个话题时，单位传达室的老头打来电话，告诉我刚签收了一个我的快递包裹，唤我去取，我便及时离开了伤感着的吉莲娜。

伤感是一种美，这样的美应由它的主人独享。

在这世上，我眼里的亲人只有哥哥了。虽然我也有舅舅和姑姑，但他们都离我远远的。我每次回乡给母亲上坟，都住在哥哥家里。听村人说，我一回去，姑姑便如临大敌，关门闭户，她养的鸡鸭也跟着我受累，失去了在门外撒欢觅食的自由。姑姑对人说："狗闻着骨头味儿，哪会溜掉呢！"在她想来，我只要推开那扇门，就会像癞皮狗一样，住下不走。可她不知道，我最不愿意跨过那道门槛，它留给了我太多痛楚的回忆。

去单位的路上，我给哥哥打了个电话祝福新年，言语中他并没有提及包裹，看来那是别人寄的。我和哥哥通话时，嫂嫂插问："小娥，啥时给哥嫂把对象给领回家啊？"我告诉她早呢。嫂嫂便小声叮嘱："找男友，千万不要说出你的身世，一定要记住啊，不能犯傻！"嫂嫂是个朴实贤惠的人，哥哥供我上大学，她从无怨言，令我尊敬。不过她的善意提醒，让我有些扫兴。走在洋溢着节日气氛的街头，好像头顶乌云，分外压抑。

我做梦也没想到，包裹寄件人一栏，是陈二蛋的签名！自火车站一别，我们再无联系。我捧着包裹去办公楼时，就像捧着一颗起死回生的心，有点慌神，他是怎么知道我的工作地址的？

新年放假三天，报社只有值班的人，一下子清净起来。我把包裹放到办公桌上，取出剪刀，迫不及待地打开。最先跳出来的是一包笋干，接着是一袋腊肉。我的心思不在吃上，我将包裹里的东西哗啦一下倒出来，终于找到一个牛皮纸信封！信很薄，没有封口，我抽出信纸。它被包裹中的食品挤压得皱皱巴巴的，面目苍苍。信没有称谓和落款，内容也简短，"从大学同学那儿打听到，你现在过得不错，有了稳定的工作，也有男朋友了，真为你高兴！我毕业后，在老家的乡政府当干事。这个工作不累人，但累胃肠，我胖了二十斤，得了酒精肝！我结婚了，她是民办教师，比我大两岁，不漂亮，胖墩墩的，我家人喜欢她的温顺、能干、不多事。我们刚生了个闺女，还没长牙呢。我妈还让我们生，说家里没男孩不行，看来我得超生了！去年我学会了吸烟，一天两包！要孩子得戒烟，可我戒不了。晚上睡不着吸烟的时候，常想起你来。

你胖点了吗？头发还爱开叉吗？给你寄点我们这儿的土特产吧，你喜欢哪种，一定告诉我，我年年给你寄。还记得我哥哥大蛋吗？他前年买彩票中了好几十万，一夜脱贫了！我们家的日子过得比以前好多了。如果你来南方出差，一定到我这里走走，我会陪你。"陈二蛋在信的末尾，写下了他的手机号码。

读完信，我才仔细看那些吃的东西。除了笋干和腊肉，还有红姜、槟榔、绿茶、豆豉和莲子，陈二蛋的家乡气息，浸润在食品中，隐约可闻。我打开一包红姜，取出一颗，撕下一条放进嘴里。红姜初吃辛辣，细品甘甜。这五味杂陈的食品，勾起了我对往事的回忆，我试图在脑海中勾勒发了福的陈二蛋的形影，却无能为力。我知道他于我来说，就是腌渍了的红姜，再也寻不到真味了。我将陈二蛋的信团了，投进字纸篓，把腊肉、笋干和豆豉留下，准备送给黄薇娜，其余的划拉到包裹中，打算跟吉莲娜一起分享。

出了办公楼，被冷风一吹，我忽然辛酸起来。新年的大街人来人往，张灯结彩，人们的脸上都洋溢着喜悦，而我却流下眼泪。我一手拎着包裹，一手擦泪，对自己说："哭什么呀！"可是泪水不听我的，簌簌滑落。看来有的时候，心和身，是不在一起的。

怕吉莲娜看出我哭过，我先到一家大型超市的洗手间洗了把脸，平静一番，这才回去。

正午时分了，吉莲娜在她的屋子祷告。我把包裹拎进厨房，烧了壶水，冷却几分钟后，打开陈二蛋寄来的绿茶，沏了一壶，然后又将红姜和槟榔各取两颗，放到碟中，一并端到钢琴旁的小餐桌上。吉莲娜午间祷告完，喜欢坐在这里喝杯茶。

这是我第一次为她准备茶点。

我回到卧室，复了几条同事发来的新年祝福短信，说不出的疲惫，于是关掉手机，蒙头大睡。我一会儿梦见一只气球飞上天，把一朵彩云给击碎了；一会儿梦见吉莲娜栽种的香草，全都变成带刺的仙人掌了；一会儿又梦见松花江涨水，哈尔滨成了泽国，我和吉莲娜坐在屋顶等待救援。吉莲娜叫醒我的一刻，我正在梦中做糖醋鱼柳，唤吉莲娜来尝。猛一眼看见她，心里念着还是那道菜，迷迷瞪瞪地问她，"味道可以吗？"

"不错。"吉莲娜说，"这时节没有好的绿茶喝了，可这茶挺新鲜，姜也好，越嚼越有味。就是那种果干，有点吃不惯。"

我起身的一刻，回到现实中了，说："那是槟榔，我也吃不惯。"

吉莲娜叫醒我，是因为快到去马迭尔吃饭的时候了，从我们住的地方去那儿，步行十多分钟。但吉莲娜腿脚不好，加上天冷路滑，得按二十分钟打算。还有，吉莲娜出门注重仪表，她每天到楼下喝咖啡，穿扮都不马虎，更何况去马迭尔呢。

吉莲娜命令我："洗个脸，换上白毛衣，坐琴凳上去，我先打扮你。"

我答应着，洗完脸，换过衣服，乖乖坐到琴凳上。吉莲娜捧着化妆盒过来，先给我涂了点香脂，然后淡淡地敷了层粉，浅浅地描了描眉，之后用梳子蘸着定型摩丝，三下两下，便梳好了我的头发。她把化妆盒放到琴盖上，拿过水红色兔绒围巾，绕着脖颈松松一系，说了声："好了——"唤我照照镜子，而她打扮自己去了。

说真的，我不太相信七八分钟的工夫，她这番轻描淡写的化妆，会改换我的容颜。我在琴凳上呆坐半晌，才抬起头照镜子。

我惊呆了！我看见了自己的日出——我何曾这般鲜润明媚过？那件不起眼的白毛衣，因为吉莲娜送我的围巾，犹如迎来了万丈霞光，焕然生辉！我的发型疏朗又精致，面部化妆恰到好处。而我眼底的忧伤，为整个面部，平添了一种动人的气质。我定睛看着自己，心境渐渐明朗起来。

原来女人的好打扮，是有效的解郁药。

吉莲娜打扮自己的时间很长，半小时后，她才款款走出。她一定从我的目光中看到了她惊人的美丽了，她的目光瞬间陶醉了，但说出的话却是调侃的："到底比不得年轻人，你们底子好，三五分钟就打扮鲜亮了；我用了这么长时间，还是遮不住老太婆的模样！"

吉莲娜穿一条黑色毛呢直筒连身长裙，一字领的左侧，别一枚硕大的雪花形态的水晶胸花，熠熠闪亮，好像她别着青春！平素她高挽发髻，那天却编了条松松的辫子，垂在脑后，辫稍系着咖啡色缎带。她的脸打了浓重的粉底，眼睑处的皱纹几乎看不见了，睫毛精心卷过，动人地上翘着，将眼睛衬托得更为明净，如两块温润透明的玉！

我情不自禁地拥抱了吉莲娜，"您太美了——"

吉莲娜用手拍打着我的背，热情洋溢地说："新年中的女人都是美人！"

如果说中央大街是哈尔滨的真身，那么马迭尔就是这真身的魂灵。这座有百年历史的旅馆，无论过去还是现在，都是这条街最时髦的建筑，可见真正的时髦是不惧时光的。这座建筑的立面，就是一幅气势非凡的山水画：窗和出挑的阳台是一叠叠的山，平台下方的涡状托石是山间飘浮的云朵，女儿墙是一条波光激滟的河，而穹顶则是一枚油绿的月亮。每次路过马迭尔，我都要多看它一眼，好像它是我隔世的情人，有种说不出的心动。

我和吉莲娜落座马迭尔一楼的西餐厅时，日光已不强烈了。圣诞节刚刚过去，临着中央大街的落地橱窗里，还矗立着圣诞老人和雪橇的卡通模型。若在平时过了饭点，店里人会很少。可是新年的时候，中央大街的每家餐馆都成了布达拉宫前的转经筒，永不停息地旋转着。

吉莲娜订的是店里最好的位子，在西南角靠近落地窗的地方。长方形的餐台上铺着雪白的桌布，细颈小花瓶插着一支红玫瑰。吉莲娜给我点的主菜是鹅肝，她的是黑椒牛扒，配菜是蔬菜沙拉和酸黄瓜，还有一瓶意大利红酒。她没点红菜汤，说是没有她做的好。服务生将红酒斟入高脚杯的时候，吉莲娜嗅了嗅，由衷地赞叹着："真是贴心的味道啊——"酒在杯里醒了片刻，我们举杯同贺新年。半杯酒落肚，吉莲娜神情活跃起来，她指着对面的华梅西餐厅对我说，这店跟马迭尔一样，也是犹太人创办的。华梅西餐厅过去叫"马尔斯茶食店"，她小时候常来这儿买糖果。她说糖果师傅姓吴，他做的水果糖清凉芬芳，奶汁糖柔软香甜，十分入口，可惜这手艺失传了。"文革"时华梅的店名,被改作"反修饭店",她点着自己的鼻子,自嘲地说:"反的就是这样的鼻子!"我们同时笑起来。虽然她对华梅的追忆充满感情,但她告诉我,她更爱马迭尔,她年轻时曾在这儿跳过舞,这里的舞厅富丽堂皇,胜过当年声名显赫的新世界。说此话时,她的眼神无比温柔。而我对这家旅馆的了解,是它的创始人约瑟·开斯普的儿子——就读于巴黎音乐学院钢琴专业的西蒙·开斯普,在一九三三年暑期来哈尔滨看望父亲时,遭到绑架,被绑匪割去耳朵,最终撕票。提起这段往事,吉莲娜情绪立刻低落了,她说她母亲熟悉约瑟·开斯普,他因为儿子的死,心都碎了,最终离开了这座令他起家,却给他带来无比伤痛的城市。

我很想问她,当年跟什么人在这儿跳舞,但直觉告诉我,问她的舞伴,等于问她的爱情和忧愁,是不能问的。

主菜上来后,天色暗淡了,餐厅的水晶吊灯亮了。吉莲娜吃完牛扒,用餐巾擦擦嘴,问我为什么最近不和男友联系了?我没有隐瞒她,告诉她我在齐德铭的旅行箱中,发现了避孕套和寿衣。

"他带着寿衣旅行?"吉莲娜瞪大眼睛,不相信地问。

我点点头,告诉她自从见了那件寿衣,我老爱做噩梦。

吉莲娜怜爱地看着我,朝我举起酒杯。我们碰杯的一瞬,她轻声说:"好男人是不该让女人做噩梦的。"

这是她对我和齐德铭爱情的态度吧。

我们从马迭尔回到家时,天已黑透了。吉莲娜洗过脸,卸了妆,老态毕现,疲惫不堪。尽管如此,她还是开始了惯常的晚祷。我很舍不得地摘掉水红色围巾的时候,手机信息提示音响了,是齐德铭发来的短信:"晨起买花的是你吗?提着包裹在寒风中流泪的是你吗?跟一个洋老太去马迭尔吃西餐的是你吗?如果是你,请回话!"

我喜极而泣,但发出的短信却是谴责:"你跟踪我,卑鄙!"

"我跟踪爱,高尚!"他立刻回复。

那行字在我眼里,就是新年的橄榄枝。

8

我和齐德铭重归于好的时候，黄薇娜和丈夫分居了。

黄薇娜的丈夫林旭，是哈尔滨医科大学附属医院的脑外科医生。他个子高高，国字脸，浓眉，目光犀利，唇角柔和，看上去刚柔相济，一表人才。我刚到报社时，曾一度头痛难忍，跑了两家医院都看不明白，黄薇娜便带我去找她丈夫。很奇怪，一进那所医院，握过林医生的手，头疼涣然冰释了。我跟黄薇娜开玩笑，说她丈夫的手是"止疼剂"，她得好生看着，不然会被患者给掠走。黄薇娜霸气而甜蜜地说："倒霉啊，这双'魔爪',这辈子只能摧残我一人了!"黄薇娜的自负,不是没来由的。她大学时才貌出众,爱慕者甚多,林旭是黄薇娜在追求者中,千挑万选的白马王子。

可是这个白马王子,不安于驰骋在她的原野上了,他踏上了另一片碧青的草地,爱上了他的病人,一个比他小十一岁的,患有轻度癫痫的,在艺术学院学画的女孩。

黄薇娜怎么也想不通,林旭有姿色动人的妻子,有活泼可爱的儿子,竟会看上一个相貌平平的病人!当黄薇娜拿到私家侦探偷拍的丈夫和那女孩在一起的照片时,简直气疯了!她在电话中对我发泄着:"那女孩比你都丑,瘦得跟流浪猫似的,林旭简直疯了!"

黄薇娜的可爱在于,她很少掩饰自己,当她说出那女孩比我还丑的话时,我在电话这端笑了一声,说:"谢谢表扬——"黄薇娜声嘶力竭地说:"赵小娥,我水深火热了,你还跟我阴阳怪气!"

我敲开黄薇娜的家门时,是正午时分。她穿一条紫色丝绸睡裙,醉眼朦胧地开了门。我刚落座,她便"哗——"地把睡衣扯掉,微微侧身,双手松松地搭在胯部,摆出模特走秀的姿势,说:"赵小娥,这样的身体够不够美?"说真的,在公共浴池,我也见过不少女性裸体的身姿,可没有一个人的裸体,是没有缺陷的。黄薇娜却不一样,她脱掉睡衣的一瞬,暗淡的客厅骤然明亮了,黄薇娜就像一杆蜡烛,光芒四射!

我感慨道:"世上有这么完美的躯体,我等就是残次品了,怪不得不好嫁出去呢。林医生真是身在福中不知福啊。"

"这还生过孩子呢。"黄薇娜炫耀完,穿上睡衣,点起一颗烟,不无得意地说,"为姑娘时,比现在强多了!不是我糟践林旭,他第一次和我在一起,上来没三分钟就下去了,我的身体太惹火,一瞬间就把他引爆了!"

黄薇娜放肆地笑着,将那沓林旭出轨的照片撒给我,说:"看看这畜生,说是上夜班,其实都是和这小妖精泡在一起,你说她哪点比我好?"

那女孩看上去屡弱不堪,小眼睛小鼻子的,月牙形嘴,漆黑的长发自然披垂着,谈不上漂亮,但有一股说不出的韵味,很抓人,我没敢把直觉告诉黄薇娜。

"你打算怎么办?"我问。

"林旭提出离婚,说是净身出户,只要儿子,他这不是做梦吗!我怎么能让儿子跟这么个小妈!她癫痫病发作时,万一把我儿子掐死怎么办?"黄薇娜将抽了一半的烟掐灭,咳嗽起来。

"一般的男人离婚都不愿意要孩子,林旭能要林林，还算负责任的。"我说。

林林是黄薇娜和林旭的宝贝，刚上小学，他比同龄孩子个子矮，像个袖珍人似的，机灵顽皮，有点口吃。他叫我"娥姨"时，听起来就是"哦呀——"十分有趣。

"那小妖精是个病秧子，不像能生养的，他们要林林，是要掠夺我的作品！再不，就是虚情假意要孩子，表示他们高尚，真要给他们，就找借口不要了，这种事情我听得多了！"黄薇娜心绪烦乱，又点燃香烟。

我说："林医生不要房，不要车，放弃全部财产，说明他对你还是有感情的。"

"他这是亏心！"黄薇娜狠吸了几口烟，说，"再说了，他是他们医院脑外科的台柱子！知道乐队的第一小提琴手吧？除了指挥，乐池中最牛的就是这位置的人了！林旭在医院是第一把刀，相当于第一小提琴，他每天起码主刀两台手术。脑外科的手术，可不像割个扁桃腺切个阑尾那么简单，患者家属谁敢不塞大红包？我也不瞒你，一般的小手术，三五百的红包就说得过去了，可在脑袋动刀子，患者家属提心吊胆，总得给主刀的千八百的。他们医院的脑外科因他红火，我们家也因他红火。如果不靠林旭的红包，这房子和汽车，哪那么容易置办起来？他净身出户，凭他的手艺，三五年就会翻身！我可不能把这双金手，拱手让给那小妖精！"

"这么说，这房子是患者的血换来的——"我心里对自己说，突然感觉屋子灌满了脓血，我的眼前红光闪烁，鼻腔奇痒，胃液上泛，一阵干呕。

黄薇娜盛怒之下，没有察觉我的不适。她告诉我，即便离婚，也不会轻易放过林旭。她要破坏他们同居，"反正在法律上他还是我丈夫，我知道他们的淫窝在哪儿，晚上他不回家，又没夜班，我就去那里，跟他们一起睡！他们要是不开门，我就敲锣！我爸当年在秧歌队敲过锣，他死后留下一面大铜锣，得给它派上用场！"她的计划是把他们搞得心力交瘁，声名狼藉，让他们自生厌恶，终止关系，等他回心转意后，再一脚踹开他。

我说："既然最终还是离婚，干吗不一开始就放过他？"

"那岂不是便宜了他们！"黄薇娜说。

在我心目中，黄薇娜一直是特立独行、大度从容的女人，没想到她也这样自私狭隘。看来男女之间一旦撕破脸皮，就从情感动物沦为商品了。因为感情不论贵贱，而商品是。

黄薇娜发泄过了，平静了许多。她问我最近是不是有了新男友？我点点头，问她怎么看出来的？黄薇娜鄙夷地说："一个女人眼里有了柔情，能是什么？还不是因为那些败类男人的点滴雨露！可你记住，这样的雨露早晚有一天会消失，就像宋相奎对待你，就像林旭对待我！所以聪明的女人，一生都不会把自己交付给男人。女人是玫瑰，男人是蜜蜂，当他采完你的蜜，没甜头了，就会飞向另一枝玫瑰。在这点上，吉莲娜是最聪明的女人，一生没有真正的交付，一生也就没有彻骨的伤害。"

那时我跟齐德铭如胶似漆着，黄薇娜的话，于我来说是刺耳的。我对她说，吉莲娜在情感上也许并不像我们想象的那样一张白纸，因为她新年请我去马迭尔吃西餐时，一派少女打扮，还说当年曾在那儿跳过舞。

"跳舞？怎么我采访她时，她从没说过？"黄薇娜怔了一下，说，"难道她那天是去怀想旧日恋人去了？"

"我觉得吉莲娜一定有过刻骨铭心的爱。"我说。

黄薇娜哼了一声，将一个烟圈吐在我脸上，冷冷地说："傻丫头，那一定是没有得到的爱！得到的，不会刻骨铭心。"

春节的脚步近了。我们报社的人，没有喜欢春节值班的。但对我这种没父母可奔的人来说，过年值班就是抬爱我了。如果你在烟花满天的时刻，一个人孤独地守岁，会觉得这世界的绚丽与你无关，你是时光深渊中的弃子，倍觉凄凉；可你在一个岗位上忙着，年便好熬多了。

领导见我年年主动要求春节值班，特意准我春节前休假一周。

我腊月二十三赶回克山，给母亲上坟。我们那儿的风俗，过了小年，就可上坟。哥哥陪着我去西岗的路上，遇见了开诊所的老杨。这个继母曾经的情人，衣衫褴褛，扛着把铁锹，鬼一样地游荡在村口，见着我们就说："高抬贵手呀，把我埋了吧！这世道就要没太阳了，我怕黑呀，早点埋了我吧。"哥哥说，老杨很倒霉，他儿子前年突发脑梗死了，儿媳当年就改嫁了；离异的女儿因为家庭不幸，染上毒品，被送进戒毒中心。儿子和女儿的孩子们，一下子失去了庇护，全由老杨经管。真是屋漏偏逢连夜雨，老杨的诊所跟着出了问题，一个在他那儿打了一周肌肉针的八岁男孩，突然间有一条腿不好使了，患儿的家属带孩子进省城医院看病，诊断结果是注射不当致残，属于医疗事故，而老杨没有行医执照。他怕有牢狱之灾，赶紧用钱私了，把家底赔掉不说，还背上了十多万的外债，老杨至此崩溃了，出门时总是扛把铁锹，请求过路人把他埋了。哥哥说，这两年继母过得也不如意，秋天时还觍着脸回来找老相好的，谁料一进村就遇见了疯癫的老杨！老杨一把白胡子乱飘着，扛着把铁锹，两眼直勾勾地朝她走来，说："姑娘心眼好，把我给埋了吧！埋了你能交好运，田里的玉米都会长成金条！"撞见这一幕的村人回来说，继母很失落，长叹一声，村子没进，转身走了。

继母和她的情人这般下场，令我愉悦，尽管我知道这种快感有点邪恶。

带着这种快感回到哈尔滨的我，精神抖擞。我在投入齐德铭的怀抱时，热情似火。齐德铭开玩笑："回了趟老家，怎么变得这么甜心了？"

我开玩笑说："我老家是个甜菜坑，回到那儿，等于泡在蜜罐子里，想不甜都没可能！"

9

齐德铭陪父亲过的年,我是在报社值班室过的年。

吉莲娜习惯了独自守岁,她除夕夜不吃水饺,一壶茶,一碟果干,弹上一首钢琴曲,便是迎新的仪式了。我问她除夕夜通常弹什么曲子?肖邦,莫扎特还是舒曼?吉莲娜淡淡一笑,说:"指尖落到谁那儿,就是谁的曲子。"吉莲娜钢琴造诣深厚,崇拜犹太钢琴家霍洛维茨。她从学校作为音乐教师退休后,曾开过钢琴班。后来年纪大了,她说只给神弹奏了,不再用它谋生。

在南方,年是冬眠的熊,它一出洞,春天来了;

可是在北国，年是苍茫原野中奔跑的雪兔，要想它的毛发随春风而变色，还有待时日。

我以为黄薇娜和林医生分居着，年过得一定不如意，谁知正月初七上班时，她容光焕发的。她说春节带着儿子去了亚布力滑雪，小孩学东西就是快，林林三天就学会滑雪了。

我问她："林医生没跟你们一起去？"

黄薇娜用玩笑的口吻说："当然少不了他，不然大过年的，我还不得去人家的门口敲锣呀！"

她的话让我以为他们和好如初，危机已过。

黄薇娜说这次在亚布力，遇见了她的受访者，一个犹太富商的后代。黄薇娜跟他聊起吉莲娜时，意外得知日本占领东北时，吉莲娜的继父与日本人过往甚密，曾把她许配给一个日本军官，吉莲娜不从，精神失常过一段时日。看来吉莲娜在情感上，的确有故事。

"难怪她现在，举止也和常人不一样。"我说。

我看过一个资料，说是日本侵占东北后，曾秘密推行过"河豚鱼计划"，允诺犹太人，赐予他们一方土地，复兴犹太国。其实日本人的本意，是想吸纳犹太资本，为他们在东北的军事和工业建设投资。日本人喜食河豚鱼，它剧毒，但美味，"河豚鱼计划"，意谓这是一项美妙而又危险的计划。他们为了在东北大地吃得更美，对犹太人采取亲善政策。马迭尔创始人的儿子遭到绑架，据说也与日本人有关。日本人想出极少的钱，买下"马迭尔"这块肥肉，而约瑟·开斯普并不买日本人的账，他开出极高的买价，给他们当头一棒。约瑟·开斯普知道此举会惹恼日本人，他一方面加强了自身的防护，带保镖出行，一方面把财产逐渐转移到了拥有法国国籍的儿子名下，并在马迭尔门前悬挂起红白蓝的三色旗。恼羞成怒的日本人在老开斯普身上找不到机会下手，便指使匪徒，绑架了暑期来这里探望父亲的小开斯普，酿成震惊世界的惨案。黄薇娜在谈到这桩绑架案时，对老开斯普有不恭之言，说小开斯普被绑架之初，绑匪切下他的一只耳朵寄给老开斯普，说只要收到赎金，就放了他儿子。可是老开斯普讨价还价，还说见不到儿子绝不付赎金，绑匪榨不出油水，一怒之下，将小开斯普杀害了。黄薇娜当时气急地说："要是林林遭绑架了，别说是钱，就是割我的肉，我都舍得！"因为这，她对马迭尔没好印象，称它是"凶宅"。

吉莲娜的继父，是不是卷入了"河豚鱼计划"，而亲近日本人的呢？一个日本军官在那个年代，能喜欢上一个犹太女孩，让我对这名军官，有了无限的好奇。

犹太人的主要节日是逾越节，跟我们的春节一样隆重。那年的逾越节在四月下旬。哈尔滨的采暖期结束了，大大小小的锅炉停止排烟后，天空获得了解放，蓝天又回到这座城市。草发芽了，迎春和桃花开了，街上的行人也多了。春光真好，它让万物复苏，也让我们远离了冬日的烟尘。吉莲娜在逾越节前一周，就开始做准备了。她叫来计时工，扫尘，洗窗帘被褥，擦门窗，给窗帘钩换上铜质的，屋子焕然一新，清爽之极。逾越节前一天，她买来羊骨，配上香草，在烤炉烤制，之后做白面薄饼。逾越节期间，她不吃发酵的食品，马迭尔的面包在那七天里，她是不碰的。吉莲娜说以前过逾越节，她是和老朋友在一起，后来这些人相继离世，凑不齐人了。她忧伤地说："活得长不好，你比别人要看到更多的死亡。"她接着嘟囔，"神怎么还不接我走？"我说："这世界的灾难多着去了，神忙得顾不上你了。"吉莲娜严肃地说："死亡可不是灾难，是重生，是人生最大的喜悦。"

我并没有说死亡是灾难，吉莲娜误会了我的话。可我从她的误会中，获得了安慰。想着重生的母亲再无屈辱，也许化作了一只鸟儿，正自由地飞翔在我看不到的天空中；也许化作了一条美丽的鱼，风雨都淋不湿她的心！我不愿母亲复活为人，怕她再遭受尘世的苦难。

这年的四月下旬，为着一种新药的推广，齐德铭带着寿衣又跑业务去了，这次他去的是江浙一带。他不在哈尔滨，整个逾越节，我是和吉莲娜一起度过的。

逾越节的早晨，吉莲娜用捣碎的杜鹃花和绣球花的艳红浆汁，代替羊血，涂抹在门框上。这种风习，源于《圣经》故事。以色列人在埃及备受奴役，欲脱离苦海，可是埃及法老百般阻挠。于是上帝通过先知摩西，降下多重灾害，蛙灾、畜灾、蝇灾、黑暗之灾等等，埃及百姓饱尝灾苦，可法老仍不为所动。这样，上帝降下第十灾，击杀埃及一切头生的，无论人畜。为防止错杀以色列人，上帝命令摩西谕示以色列人，在他巡游埃及的那天宰杀羊羔，将羊血涂抹在门框上，这样上帝看到门框上的羊血，就会"逾越"过去，保全以色列人。以色列人逃离埃及时，匆忙中带走了还没有发酵的饼，为了纪念这个日子，他们这一天会吃羊骨和没有发酵的饼。

吉莲娜准备了丰盛的逾越节晚餐，她打电话约黄薇娜一同享用，黄薇娜问带孩子过来行吗，吉莲娜说："神喜欢孩子，来吧。"

黄薇娜非常细心，给吉莲娜带来了一盒杏仁饼，一罐意大利咖啡，和几枝鹅黄的迎春。我问她花儿哪来的，她理直气壮地说："花店又不卖迎春，当然是偷的了！偷花和窃书一样，不能算偷。"她得意地笑起来。

我们报社楼下的小花园，迎春开得火爆，可是上下班的人，朝九晚五，匆匆忙忙，没谁赏花。黄薇娜说花儿开在这样的地方，是开在寂寞里，可折下给喜欢它的人，却是开在热闹里了。我也给吉莲娜带了花儿，虽说在花店买的，却也别致。我让花店的师傅，用藤条编成一个六角星，插满小朵的黄玫瑰，再点缀一些银白的满天星。这颗用鲜花组成的六芒星，芳香四溢，熠熠闪光，吉莲娜爱极了，捧着它去了祷告间，奉献给神。

吉莲娜平素是俯就在钢琴旁的小餐桌用餐的，可一旦来了客人，这桌就局促了。她将厨房角落的白橡木折叠桌搬出。自从老友相继离世，无人来陪她过逾越节，折叠桌已多年不用了，给人冷冰冰的感觉。吉莲娜为它除过尘后，将一块白地粉花的台布铺上，又将迎春插在一只方形青花瓷瓶中，摆上餐桌。它立刻就变了一副脸孔，春意盎然了。吉莲娜失神地看着迎春，叹息一声，说它们开得像极了她在苏州看过的蜡梅，艳而不俗，只是没有蜡梅那股子幽香。

黄薇娜立刻追问："您是哪一年去的那儿？"

吉莲娜怅然若失地说："六十年前了——"

"您是和父母一起去的？"黄薇娜又问。

"我自己。"吉莲娜说，"就想一个人看看花儿。"

花儿也勾起了黄薇娜的往事，她说："我父亲肺癌晚期时，最想看牡丹了，我陪他去了菏泽。他看了三天的牡丹后，说是可以回家了。在回来的飞机上，他抓着我的手说，牡丹是花魁了，可这么艳丽的花儿，还不是说败就败了，我死了又有什么可惜呢！在那之前他非常恐惧死亡，可看过牡丹，他觉得死亡没什么可怕的了。我感谢牡丹，是它让他走得安详。"

我不愿黄薇娜在逾越节时陷入伤感的情境，连忙吩咐她和林林去露台拿折叠椅，而我帮着吉莲娜，将吃食一样样地从厨房端上餐桌。

餐桌摆在客厅中央，它的上面，是一盏低垂的六角形彩绘玻璃灯。五彩的光影照着餐桌上的花儿，照着蔬菜和羊骨，缤纷夺目。入座前，吉莲娜先去祷告一番，然后唤每个人洗一下手，逾越节的晚餐开始了。我们每人先喝了一杯红葡萄酒，然后吃用盐水浸过的蔬菜、剥了皮的白水煮鸡蛋、无酵饼和羊骨。吉莲娜特意为林林榨了一杯梨汁，做了苹果馅饼。三杯酒后，吉莲娜给林林讲逾越节的故事，当他说到摩西带领以色列人逃出埃及，走至红海，举起手杖，使红海分出一条路，让以色列人顺利渡过红海，而让埃及法老的追兵淹死在海中时，林林睁大了眼睛，问，"摩西是谁？他的手杖这么牛逼啊，赶得上孙悟空的金箍棒了！"

黄薇娜呵斥林林不许说脏话，吉莲娜倒不介意，她夹了一个苹果馅饼给林林，说："摩西是神啊。"

林林问："他还活着吗？"

吉莲娜答，"神是不死的。"

林林又问："你见过他吗？"

吉莲娜微微摇着头，温柔地说："我每天都盼着他来。"

林林颇为同情地说："摩西总也不死，我猜他早就白了毛了，走不动路了，见他肯定挺费劲。"

黄薇娜正饮着酒，林林的话令她笑喷，一口红酒溅到我身上，我的白毛衣，刹那间开出了红梅。

那晚我们喝了不少红酒。吉莲娜讲了很多关于犹太节日的故事，除了逾越节，还有五旬节和住棚节。她说从前过住棚节，一家人会在松花江畔的草地上，用柳树枝条搭起棚屋，带来经书和丰收的瓜果，住上七天。住棚节通常在十月，有时赶在月初，阳光还很灿烂，有时赶在月尾，雪花便飘来了。传说住棚节期间，《圣经》记载的七个英雄，分别会在七天里来到棚屋，所以天再凉，妇孺可回家住，男主人却是要守在棚里的。林林问那七个英雄中，有没有武松？我们集体摇头，林林很失望，说他吃饱了，下了桌，去露台看街景去了。

吉莲娜喝了酒，却毫无醉态，思维敏捷。黄薇娜几次试图把话题引入她的私生活，都遭到她温柔的抵抗。比如黄薇娜问她当年日本人主要住在哪片街区？吉莲娜淡淡地说，就是这一带啊。再问她那个年代的帅男是什么标准？吉莲娜用同情的目光看着黄薇娜，说你爱上哪个男人，哪个男人就是帅的，哪会有统一的标准呢。黄薇娜再问像她这样不结婚的女人，当年会不会遭歧视？吉莲娜意味深长地说："只要你不歧视自己，就是全世界都歧视你，又怎么着？"

她的话让我和黄薇娜都联想到犹太人离散的命运，我们面面相觑，知道该是结束晚餐的时候了。

黄薇娜离开时有点失落，我送他们母子下楼时，她叹了口气说："一部传奇摆在你面前，你却不能翻阅，唉！"

我说："这部传奇的作者属于她，她有权利不让它流传。"

我越来越喜欢吉莲娜了。

五一长假的前夜，齐德铭回来了。他从温州机场起飞前给我打电话，希望晚上回来时，能在中山花园的家中见到我。我揶揄他:"你是想见到饭吧?"齐德铭笑了,说:"知我者赵小娥也。"想着他的旅行箱里装着寿衣,我特别向他祝福了平安。

我去家乐福超市为与齐德铭小别相聚的晚餐采买时,在卖副食的冷柜前遇见了宋相奎。他胡子拉碴,脸色灰黄,瘦了一大圈,见了我后,提着购物篮的手微微发抖。购物篮里有一包红枣,一盒草莓,还有一只冰冻的白条鸡。我们都有点尴尬,躲闪着对方的目光,不知该怎样打招呼。最后还是我先张口的:"买菜啊?"他应了句:"啊,买菜。"我问:"柳琴好吗?"他停顿了一刻,说:"她怀孕了。"我说:"祝贺你快当爸爸了。"宋相奎的眼里并没有喜悦,他说:"小娥,其实我一直想给你打电话的,想跟你说说话,今天真巧,能不能给我半小时,我在楼下必胜客等你,喝杯咖啡?"我看了看表,说:"今天来不及了,我男友从外地回来,快下飞机了,我得赶回去做饭。"宋相奎伤感地说:"怪不得你变漂亮了,我该猜到是有男友了。"他说了声对不起,匆匆与我告别。

从家乐福回到齐德铭那儿,天已黑了。我刚将饭菜做好,电话响了,齐德铭说他已经落地,不过正值下班高峰,进城车辆拥堵,大概五十分钟才能到家,叫我不要着急。我拖地板的时候,想着宋相奎那张憔悴的脸，为他不安。我扔下拖把，给他发了条短信，"方便说话吗"，宋相奎立刻把电话打过来，说他正一个人在酒馆里。我问他想跟我说什么，宋相奎说，他和他母亲，担心柳琴生的孩子会是哑巴，快崩溃了。他说咨询过医生，这种先天性聋哑女与正常人所生的孩子，确实有可能是聋哑儿。宋相奎说他运气差，买彩票连五块钱都没中过，如果孩子出生后跟柳琴一样，他母亲一定得疯了。家里如果有两个聋哑人，一个疯子，再加上他那个娶不上媳妇的残疾哥哥，他肯定也得疯。他想让柳琴终止妊娠，可她态度坚决，一定要生下孩子。宋相奎说他每天服用安眠药，还是睡不着觉。他怀念和我在一起的日子，怀念我们之间的争吵，那一切都变成愉快的回忆了。宋相奎如此旧情难忘，我便有勇气把心底一直存的疑问抛出来："说句实话，你跟我分手，与柳琴的房子还是有关吧？"我知道这样问他，等于扇他巴掌。宋相奎沉默了一刻，突然咆哮道："赵小娥，像我们这种从农村出来的人，没有背景，没有金钱，又没有过人的本领，在这个年代，真不该选择在大城市生活！我们何苦活得这么累！"宋相奎骂了句脏话，挂断电话。他的话，等于间接回答了我的问题。我呆坐良久，字斟句酌，给他发了条安慰短信："别惧怕孩子会是聋哑人，每一个孩子都是上帝送来的天使！一个人只要内心快乐，即便活在没有声音没有语言的世界里，也是美好的。"我知道这句话其实很虚伪，很空洞，宋相奎没有回复——当然不会回复了。

那晚齐德铭一进家，洗了把脸，便迫不及待打开旅行箱，说："赵小娥，表扬我一下吧，你看看，因为想着你，我带的安全套这次一只没用！"

我说："我不怕你用安全套，怕你用的是寿衣！"

齐德铭颤声叫着："小娥——"将我紧紧抱在怀里，哭了。陈二蛋之后，这是我第二次，在男人怀里，被他们的泪水打湿。

10

五一长假的最后一天,齐德铭约我去见他父亲。

我的心一阵狂喜:难道他跟我认真了,这是求婚的信号?

会面地点选在他父亲开的道外印刷厂,齐德铭说他父亲可能怕我拘束,才在车间与我见面,嘈杂的环境会消除我的紧张感。

可我却觉得这种随意的见面方式,大概也表明他对儿子婚事的漠然。

午后两点见面,可我早餐后就准备上了。我把这个季节穿的衣服全部翻腾出来,一件件地试。那些衣服大都是地摊货，质地不佳，要想穿出彩儿来，实在是难。我胡乱搭配，对着镜子左照右照，没一身称意的，不由得心烦意乱起来。吉莲娜见我穷折腾，知道我有重要约会，过来帮忙，问我要见的是什么人？我说这有什么关系，不管见谁，把自己打扮漂亮就是嘛。吉莲娜说那不一样。如果是见工作上的朋友，要穿得大方一些，米色大开领的双排扣短风衣，配一条深咖啡色的长丝巾最为理想；如果是会男友，在这大好春光中，可以穿得活泼大胆一些，选择那条紫色七分裤和大开领的斜肩紫花毛衫，把自己打扮成一丛紫丁香；而如果是见尊贵的长者，就要穿得稳重一些，着那件西装式蓝格子外套，配黑色长裤。我告诉吉莲娜，我要见的是齐德铭的父亲。吉莲娜"哦——"了一声，情绪一下子低落了，冷冷地问，"是去他家里吗？"我说是在他开的道外印刷厂的车间。吉莲娜吃惊地看了我一眼，说："你同意了？"我点点头。吉莲娜失望地垂下头，说："那就穿米色双排扣短风衣和黑裤子吧，权当是到松花江边走一遭。风衣里配黑色高领针织衫，不要戴丝巾。万一丝巾绞进机器里，勒住你的脖子就惨了。"

吉莲娜的话，让我联想起美国现代舞创始人伊莎多拉·邓肯，她的死，就是丝巾惹的祸。有一天她乘坐跑车兜风时，缠绕着她脖颈的宽大的红色丝巾，有一截飘到身后，恰好垂到后轮底下。车一启动，邓肯便被绞进后轮的丝巾给拽出跑车。等司机察觉刹车时，邓肯已结束了挣扎。她怎么也不会想到，柔软的丝绸也能充当杀手。邓肯的结局，就是一出惊世的现代舞。我想我没那么好的运气，在我想来，这种浪漫的死法，只属于艺术家。

我相信吉莲娜的眼力和直觉，按照她的指点穿扮，果然效果不俗，端庄亲切，落落大方。吉莲娜意味深长地对我说，穿上风衣，可以随时随地走进风雨中了。

离见面时间还早，我想出去散散步，给自己点勇气。

在我看来，孑然一身而高寿的人，一定是有勇气的人。我无数次地想，吉莲娜的生存勇气来自哪里呢？是永难忘怀的爱恋，还是宗教的抚慰？我更相信是后者。因为前者如雾似烟，我看不清；后者我从她每日虔诚的诵经声中，深切感受到了。

我决定到犹太会堂转转，那里该是给吉莲娜以勇气的地方吧。

哈尔滨有两所犹太会堂，都在道里区，相距不远。

犹太老会堂在通江街，过去叫炮队街，1909年落成，是哈尔滨早期犹太人的宗教活动场所。老会堂

1931年发生过一场火灾，修复扩建后，一楼仍是礼拜堂，二三楼则是哈尔滨犹太人宗教与文化的办事机构，像犹太宗教公会、犹太复国主义组织、犹太丧葬互助会、《犹太生活》编辑部等，都设置在那里。老会堂从侧影看，特别像一艘早期的邮轮，它的砖红色半球形穹顶上矗立的银色六芒星，就像引航的灯塔。这艘游轮航行了一个世纪了，依然没到终点，可见宗教的行旅横无际涯。如今的老会堂入住着一家青年旅行社，二三楼辟为客房，是怀旧的旅客乐于下榻之地；一楼还有一家古色古香的咖啡店，吸引着喜欢寻梦的人。

犹太新会堂在经纬街和安国街交会处，1921年落成。这座建筑稳重而不失浪漫，主体颜色红白相间，那双圆心式的金色穹顶，看上去像个成熟了的大南瓜。这座当年可容纳七八百人的教堂，除了做礼拜，还举办婚礼。吉莲娜说做礼拜的时候，会堂常传出幽怨的哭声。不用她解释，我明白哭声源于什么。奇寒的哈尔滨成为了犹太人温暖的收留地，可它毕竟不是他们的故园。

吉莲娜似乎对犹太新会堂的感情更深一些。她说她母亲和继父结婚，就在这座会堂。每年住棚节期间，人们住在松花江畔的棚屋里，会来新会堂祈祷。这座会堂"文革"中遭到毁坏，修复后一度成为"东方娱乐城"，豪华夜总会的灯红酒绿，湮灭了犹太人曾经的眼泪。后来市政府按照原貌修复了会堂，一个属于犹太人的历史文化博物馆在此开馆。虽然复建的新会堂没有吉莲娜想象的好，但她还是为它的重生而喜悦。

犹太新会堂离吉莲娜的住所不远，虽然它被紧紧包围在现代的高层建筑中，没有树木的荫庇，处于交通要冲，受汽车尾气之害，但仍是那一带最摄人魂魄的建筑。看来真正的美，是遗世独立的。

即便在假期中，犹太新会堂的售票口还是冷冷清清的。没用排队，我便购得门票。也许是我跟吉莲娜说过神的坏话的缘故吧，步入会堂时，我有点胆怯。

刚进大厅，才打量会堂一眼，我挎包中的手机响了，是齐德铭打来的，他告诉我他父亲临时决定，将会面时间改在上午十一时，叫我赶紧准备一下，他一会儿过来接我。

我有点不快："你爸爸怎么这么善变？"

齐德铭兴高采烈地说："他改时间，是为了请我们吃午饭！要知道，他从没请过我的朋友吃饭啊。"

"可我不喜欢突然改时间。"我嘟囔着，心想幸亏我提前穿扮好了。

"你好像在外面？是不是有事绊住脚了？"齐德铭急切地问。

我看了一下手表,九点五十分,从这里去道外,即便塞车,三十分钟也到了。我说:"我刚进犹太会堂,你来这儿接我吧,快到时手机晃我一下。"

"你和吉莲娜一起去的吗?"齐德铭问。

"我自己。"我说。

"犹太会堂有两个,你去的是红顶的还是金顶的?"看来齐德铭对这两座犹太会堂很熟悉。

"在经纬街,金色穹顶的——"我说。

"啊,就是娱乐城的那座——"齐德铭说,"我现在下楼打车,到你那里,二十分钟吧。"

外面春意融融,会堂却很阴凉,我起了寒意,忍不住打了个喷嚏。中央大理石地面上,镶嵌着一颗巨大的六芒星,我走向那里,想暖暖心。可我脚下,漫溢的不是自然的星光,而是水晶灯投下的绚丽灯影,叫人有点丧气。犹太新会堂修复后太新了,没有我想象中的肃穆庄严。倒是迎面悬挂着的巨幅黑白照片,似一扇幽暗的窗,隐隐吹来昨日的风——那是众绅士在马迭尔旅馆隆重集会的一张旧照片。我盯着其中每一个男士仔细看过来,发现他们虽外貌不同,但每个人的表情都有内涵。而如今的男人,太缺乏照片中人那种耐人寻味的表情了。

吉莲娜说新会堂展览着一只铜质七烛台,是她的朋友捐赠的，非常漂亮。我走出六芒星，去楼上寻七烛台的时候，突然想起我见齐德铭的父亲，是晚辈见长辈，是不是该带点水果之类的东西？

我给齐德铭打电话征询意见时，他已上了出租车。他说："带啥呀，他什么也不缺！再说这次见面不是在家里，也不在他办公室，他随便，咱也随便！"

我没心思看七烛台了，早早出了新会堂等他。齐德铭用手机晃我时，我已等了一刻钟了。他打了一辆红色夏利，车还没到呢，声音先到了，他从车窗探出头喊："赵小娥——"

这一声亲如骨肉的呼唤，让我周身泛起暖意，内心不那么紧张了。

齐德铭坐在副驾驶的位置，车停稳后，他下了车，打开后车门，要与我坐一起。我猫着腰钻进汽车时，他在我屁股上拍了一下，说："今天这扮相不错，挺酷！"虽说是表扬我，但"扮相"二字让我联想到戏子，有点别扭。

我问齐德铭为什么对两座犹太会堂这么熟悉，他说小时候他家就住在这一带。新会堂是娱乐城的年代，热闹得不得了；它成了博物馆后，反倒是冷清了。而老会堂那儿，他最青睐的是里面的青年旅社，他曾住过一夜，它的小餐厅颇具情调。他挤眉弄眼地说："如果有一天我向你求婚，就去那里！"

想着他身居哈尔滨，却在旅社过夜，估计他是和女孩子去开房，我心生妒火地说："再带小妖精去那住，我砍断你的腿！"

齐德铭笑起来，把我的手拉到他胸口，让我触摸他怦怦跳动的心脏，说："一颗红心，两种准备！"

我便没气了。

齐德铭父亲的印刷厂比较偏远，在道外建材大市场附近。那是一座狭长的青砖水泥平房，银色的铁皮屋顶，面积大约有两千平方米。它的西侧是库房，东侧是装订和裱糊车间，中间广大的区域，是切纸和印刷车间。

厂子左侧还有一座平房，四四方方的，外墙漆成墨绿色，瓦灰的屋顶，像座兵营，齐德铭对我说，那是员工宿舍和饭堂。离见面时间还差十分钟，齐德铭带我先参观。

印刷车间比我想象的要洁净，印刷机多是罗兰和海德堡等著名品牌的，噪音不是很大。工人们穿着银灰色的工装，也是我喜欢的调子。有的工人认识齐德铭，见到他会打招呼，然后多看我一眼。空气中飘浮着油墨的芳香，给人以暖洋洋的感觉。我们走向一台切纸机的时候，齐德铭忽然拽了一下我的衣袖，悄声说:"他都到了——"

原来站在全自动数控切纸机前的人,竟是齐德铭的父亲!他穿工装服,一米八五的个头吧,不胖不瘦,鬓角微白,四方大脸,肤色黑红,单眼皮,炯炯有神的眼睛,鼻孔微微翻卷,宽阔的嘴角边,各有一道直纹,好像插着两把锋利的剑,凸显其性格中刚毅的一面。他见了我热情地握手,说:"小赵吧?我是齐德铭的父亲,齐苍溪!"他的手略微粗糙,宽厚有力,是男子汉的手。我向他问好,正不知握过手后该说什么时,齐德铭问他父亲:"你怎么切上纸了?"齐苍溪拍打了一下切纸机,说:"新进的机器,净欺负工人,动不动就停摆!我来调教一下,抽它几鞭子,驯服驯服!"听他的口气,他把机器当作野马了。

我们就站在切纸机前聊了起来。我问他都印些什么东西,齐德铭的父亲说,宣传册、礼品纸袋、挂历、海报和信封,是他们业务的主项。有些人找上门来,要印假发票和盗版书,这种违法的活儿他是不接的。他笑着对我说:"德铭跟你说过吧?我坐过牢,坐过牢的人最知道阳光和自由的可贵!才不会为了钱,把自己往监牢塞呢!"说完,他又风趣地将话题转向我们报纸,说我们报纸要是在那儿印刷的话,这活儿他可以接,因为我们报纸除了夸大的广告,没有不良内容！

我笑了。我喜欢齐德铭的父亲，他的稳健和亲和力，将我心中勾勒的那个傲慢、满身铜臭气的商人形象，给彻底粉碎了。我想如果能踏进他家门，有这样的公公，将是我的福气。

我们参观裱糊车间时，遇见一个衰老的工人。

他看上去七十来岁了，矮矮的个子，干瘦干瘦的，肤色暗黄，发丝蓬乱，驼背，刀条脸，无神的小眼睛，眼皮耷拉着，嘴唇干瘪，如果不是他的手指灵活地动着，他就像一具木乃伊。齐德铭的父亲见着他，比见着别的工人要热情，"穆师傅，今春风湿病犯没犯？"

穆师傅停下手中的活儿，看了看他的老板，声音嘶哑地说："不犯才见鬼呢。"

齐德铭的父亲说："下次我去林甸温泉，把您带去泡泡汤！听说温泉对风湿病有好处！"

穆师傅从鼻子里"哼"了一声，说："一身的糟骨头，泡金汤也没用！"

他的话把大家逗笑了。我也笑了。

也许是我的笑声吸引了他吧，穆师傅将目光移向我。他看到我的一瞬打了个寒战，好像我身上裹挟着冷空气，侵袭了他。穆师傅低下头，用手使劲揉揉眼睛，再看我时，喃喃叫了声："燕燕——"

齐德铭的父亲见状，连忙向他介绍："这是德铭的朋友，小赵。"

穆师傅的眼睛似有火花闪烁，他颤声问我："你是哪里人？"

"克山。"齐德铭代我回答，"克山病听说过吧？一种地方性心脏病。五六十年代，那一带得这病的人很多，死了不少人呢。"

齐德铭的父亲说："穆师傅当然知道了，这病把他家害惨了。"

"您也是克山人？"我吃惊地问穆师傅。

穆师傅像是被人点化成了木头人，身体僵直了，眼睛也仿佛凝固了，对我的问话毫无反应。齐德铭的父亲见状，在他肩头轻轻拍了一下，说："穆师傅是克山生人，出来二十多年了吧？是不是再没回去过？"

穆师傅颤抖一下，醒过神来，低沉地说："没亲人了，还回去做什么——"

告别穆师傅，我们走出厂子的时候，齐德铭的父亲对我说，穆师傅的独女叫燕燕，得病死了，估计燕燕长得像我，穆师傅才会看着我时，不由自主地唤燕燕，叫我不要介意。

我们走向员工宿舍。宿舍有十几间，同一格式。齐德铭的父亲介绍说，除了穆师傅因为年纪大独居一室，其他工人是四人一间。宿舍的西侧是饭堂，虽然对开的玻璃门关闭着，香味还是从此间飘出。齐德铭的父亲对我说："要是不介意，中午就在这儿吃顿便饭，体验一下工人们的生活，看看我们的伙食怎么样！"

齐德铭显然也没料到他父亲请我们吃饭，就在印刷厂的饭堂！他扯了一下父亲的衣角，小声说："这么多人，说话多不方便啊。我们还是出去吃吧，我买单。"

我倒觉得，齐德铭的父亲能当着工人们的面，把我介绍给大家，等于承认了我。我对齐德铭说："就在这儿吃吧，我喜欢家常饭。"

那顿午饭，是我记忆中吃得最热闹的一顿饭。显然齐德铭的父亲不是第一次来这里吃饭，工人们看到他，都说老板又来吃饭啦。饭堂温暖别致，白墙白顶，栗子色的条桌条凳，浅绿的大理石地面，两盏吸顶灯是帆船形的，走在地上，有踏青的感觉。我们坐在条桌的北侧，相对安静。齐德铭与我坐一起，对面是他父亲和穆师傅。饭菜很简单，三菜一汤：地三鲜、油焖黄花鱼、蒜蓉茼蒿和海带汤，主食是米饭和花卷。厨师手艺不错，把家常菜做出了滋味。饭堂嗡嗡嘤嘤的，工人们边吃边聊，有时谁讲了什么笑话吧，就会爆发出热烈的笑声。这种亲切随意的气氛，让我毫无拘束，胃口大开。我发现，工人们绝大多数是男人，难道齐德铭的父亲歧视女性？我疑惑的时候，猛然想起齐德铭说过，他父亲招募的工人，多是刑满释放人员，而关在监牢的人，男性明显高于女性。我心里"咯噔"了一下，这么说我对面的穆师傅，这个来自克山的老乡，也曾是罪犯？

穆师傅吃饭时很沉默，其间他只问过我一句话："你是克山哪个地方的？"当我说出我们乡的名字时，他的手抖了一下，又问是住乡里还是乡下的村子。当我报出村名时，他"啊——"地叫了一声，龇牙咧嘴地放下筷子——他咬着舌头了！

我觉得穆师傅对我的态度很反常，便问他知不知道我们村子。他愣怔片刻，说："咋不知道呢，我住过的村子挨着你们村，十九里路。"

我想起自己曾为了寻找强奸母亲的罪犯，而去过那个村庄，不祥之感袭上心头。

午饭过后，工人们陆续走了。齐德铭的父亲让厨房沏了壶花茶端来，跟我和齐德铭单独聊了聊，我趁此向他打听穆师傅的情况。他说穆师傅是个苦命的人，父母和哥哥死于克山病，他自小沦为孤儿，被村里一个放羊的汉子收养。他们相依为命，直到养父去世，穆师傅才离开克山，到鸡西采煤混生活。他当采煤工后娶了媳妇，有了女儿燕燕。可是天有不测风云，燕燕十来岁时得了白血病，穆师傅为了给女儿治病，倾家荡产，煤矿的矿主却又拖欠工钱，让他雪上加霜。穆师傅多次找矿主讨薪未果，气愤之下，一个夜晚，他酒后怀揣菜刀，在矿主的姘头家将其捉住，用绳子捆上，说矿主的手沾满了矿工的血，生生剁掉了他右手的大拇指和二拇指——矿主喜欢用它们沾着口水点钱的。矿主有钱，出事后不要穆师傅一分钱的民事赔偿（穆师傅也没能力赔偿），要让他把牢坐穿！结果穆师傅被判了七年。燕燕在他入狱的第二年死了，他老婆恨他鲁莽，不负责任，与他离了婚。穆师傅出狱后孤苦伶仃，印刷厂就成了他的家。

我问齐德铭的父亲，穆师傅有七十了吗？他说："哪里，生活把他给折磨老相了，他还不到六十呢。"

我们离开印刷厂时，齐德铭的父亲将一把明晃晃的钥匙递给儿子，说："你不是有驾照吗？后院停着台新型雪铁龙，你开走吧，和小赵出去时方便一些。记住是借给你的，不是送。"

我没想到，齐德铭接过钥匙，咧嘴一笑，只在手上掂了掂，便还给父亲，说他经常出差，车在它手里，是后宫的娘娘，临幸它的时候少，可惜了；还说他平常喜欢喝点小酒,开车不能饮酒,这等于丧失了人生一大乐趣,亏得慌。

齐德铭的父亲说:"那你考驾照干什么?"

齐德铭说:"开车和游泳我不喜欢,可我都学会了。为什么?很简单,这是遇见突发灾难时,求生必备的本领。"

齐德铭的父亲一脸疑惑地看着儿子,他显然并不知道他的旅行箱里,始终放着一件寿衣。

11

如果丁香不开，哈尔滨的春天就不算真正来了。

迎春和桃花开在丁香之前，看似抢着春了，可它们绽放时，哈尔滨气温还偏低，草儿也没有普遍绿起来，人们大都没卸下冬衣，所以那样的春花，与这座城市有点隔膜的意思，不具亲和力。

丁香一开却不一样了，草儿没有不绿的了，人们把棉衣棉裤收起来了。丁香花馥郁的香气就像无形的银针，把你严冬时堵塞的毛孔，温柔地挑开了，将暖融融的春光注入你的肌肤，让人遍体通泰。

丁香开起来实在癫狂，每一棵花树都是一个星空，花朵多得你无法数清。它们开到极盛时,花穗会压弯枝条。

这座城市的丁香以紫色和白色为主。开在公园中的一簇簇的紫丁香,像团团紫云;而开在街巷中的白丁香,就是一条条洁白的哈达。

春光大好,我的心却乌云翻卷。我求助齐德铭,开始调查穆师傅。他离开克山是哪一年?他进了几次监狱?齐德铭问我为什么对穆师傅这么感兴趣,我说穆师傅孤苦伶仃,错认我为女儿,看着怪可怜的,我想认他做干爸。齐德铭揶揄我,说:"看不出赵小娥同学这么有爱心!"

从齐德铭反馈的情况看,我出生的第三年,穆师傅离开家乡去的鸡西。从时间上说,他有作案的可能。更重要的是从生理上说,他离开克山时是个成年光棍,作案嫌疑更大。

我要接近穆师傅时,他突然失踪了。

没人知道他去了哪里,足足一周。齐德铭的父亲把穆师傅可能接触到的人,可能去的地方,都问到了,没获得任何线索。正想报警时,他回来了。问他去哪儿了,他说风湿痛折磨得他睡不好觉,去林甸泡温泉了。而事实是,齐德铭的父亲猜到他可能去那里,将林甸大大小小的温泉场所都问到了,却没有穆师傅的入住登记。

　　齐德铭听他父亲说，穆师傅这次失踪归来，捡着宝贝似的亢奋。他比以前能吃了，也爱说话了。他买了副哑铃，说是要把腰给抻直溜了。他在车间干活时，竟然打起了口哨。工友们都说穆师傅出去一周，肯定泡着了俊妞，才这么美滋滋的。

　　齐德铭帮我约好见穆师傅的前一天，临近中午，我正在校对一篇通讯稿，传达室说有人找我，我放下稿子，赶紧下楼。

　　原来是姑姑！

　　姑姑背着一个廉价的花格子旅行包，烫了一头羊毛卷发，绿裤红袄，脸上拍着厚厚的脂粉，嘴唇涂得像火焰山，给人以烧灼感；眉毛描得黑漆漆的，如两道深渊，耳朵、脖颈、手腕和手指上戴着形形色色的饰品，胖得汹涌澎湃，见着我动情地说："小娥，好几年没见你了，姑姑想得慌呀——"

　　我在单位人眼中，是个内向寡言的人，突然间来了这么个高调的姑姑，让人觉得别扭。我跟姑姑招呼了一声，赶紧将她带出传达室，想着去附近的餐馆坐下来，再探究竟。

　　姑姑在路上告诉我，她下了火车，是打出租车过来的。她说司机带着她转了半个多钟头才到我们单位，花了二十五块钱，而她问过传达室的老头，从火车站到我们这儿，步行一刻钟也到了，就是个起步价，她咒骂哈尔滨的出租车司机黑心！

我们去的那家餐馆门前，伫立着两株紫丁香。姑姑进门的一瞬，从花树上摘了几朵丁香，放到鼻下嗅着，说："都说这花的花萼像钉子，香气大，才叫丁香的，是吗？"

我没心思跟她在花上周旋，敷衍道："是吧。"

知道姑姑嗓门大，进了餐馆，我特意选择北角的位置。那里靠近灶房，有一个传菜的窗口，喧闹，她就是吼起来，也不会影响到其他客人。

姑姑一坐下来便伸过手来，让我看她明晃晃的戒指和手镯。她压低嗓音说："小娥，我怕穿戴不好城里人瞧不起，特意买了镀金的戒指和手镯，你看跟真的一样吧？"她又晃了晃脑袋，说："除了耳环是纯金的，项链和胸针也是假的！"她得意地笑起来。

我问："你把胸针戴哪儿了？"

姑姑低头看了一下胸："呀——"地叫了一声，说："下火车时还戴着呢，一准是落在出租车上了！说是假的，也花了我十五块钱呢，今天这车打得亏透了！"

看着她万分心疼的样子，我直想笑。

知道姑姑怕辣椒,我故意点了剁椒鱼头、麻婆豆腐、酸辣汤和米饭。等菜的时候,她先是夸赞我变漂亮了,然后问我住在哪里,一个月开多少工资,奖金多不多。待她听说我租房住时,撇了下嘴。她的唇角本来就不对称,这一撇嘴,面目狰狞的,十分可怖。她问我租的几间屋,有没有她住的地方,我说没有,只一间。她又问我床大不大,她可以跟我睡一张床。我吓得魂儿都要掉了,连说是单人床。怕她说要打地铺,我赶紧申明屋子转不开身,连张椅子都放不下。姑姑从鼻子里"哼——"了一声,绷起脸说:"那就住旅店吧!我不熟悉哈尔滨,你帮我找!"

菜陆续上来了,姑姑看着菜里红艳艳的辣椒,眼里放光,说她以前怕辣椒,现在离了它却吃不下饭了!姑姑眉飞色舞的,我却垂头丧气。她吃得啧啧有声,嘴上却埋怨着:"这酸辣汤搁这么多的粉面子,太黏乎了,像喝大鼻涕!这鱼头的鳃没有抠净,腥气!这豆腐可不赶咱克山的卤水豆腐好吃,肯定是石膏做的,我看小孩子打弹弓缺石子,使它都行;这米太陈了,一点都不筋道,店家肯定贱价买的!"她把饭菜悉数糟蹋一遍后,问我是否有对象了,我摇摇头,说没有;她也摇摇头,说不可能。她说一个女孩子眼睛变水灵了，一准是搞对象了。

姑姑吃得"咯咯——"打起饱嗝，终于放下筷子，切入正题，说她来找我，是因为几天前老家突然来了个老头，打听我们村子出没出过私生子。老户人家大都知道我的身世，有人便对老头说，某年的七月十五，有个女人上坟被人强奸了，生下个女孩。老头问女孩如今在哪，大家说在哈尔滨，不常回来。姑姑说等她听说时，老头已经走了。

"能不能是你亲爹找你来了？"姑姑说，"我怕老头打听到你，到哈尔滨找你，张扬得满城风雨，对你不好，提前来跟你打个招呼。"

"你怎么知道他是我亲爹？"问这话时，我直冒冷汗。

"不是你亲爹打听你干啥？"姑姑说，"再说了，他听说你妈死得早，挺伤心，买了一堆果品，给了带路人一百块钱，去西岗给你妈上坟了呢。"

我联想起穆师傅的失踪，心一阵抽搐。

姑姑述说时，一直观察我的表情。以我对她的了解，她是不会大发慈悲，专程来提醒我的，她此行一定别有目的。我故作轻松地笑笑，说不管谁来找我，我这一生，只有母亲，没有父亲！姑姑很失落，吧唧一下嘴，终于对我说，老家的房子原本要动迁，现在看来没戏了，房前的大院子闲着可惜了，克山土豆好，她想开个小型粉丝厂，手里资金不足，想朝我借三万块钱。未等我作答，她开始唠叨这几年如何背运，先是养了两百多只鸡，谁知一场鸡瘟，让她血本无归；接着她男人得了糖尿病，打起胰岛素，针管里每天流的都是铜板，家里愈发穷了；而她在齐齐哈尔的儿子不争气，技校毕业后不肯吃辛苦，干起传销，成了半疯了，她只得把他领回乡下，当废人养活着。姑姑抹着眼泪，动情地说："这年头没闺女，老了就没依靠！姑姑真后悔当年没养个闺女呀。小娥，你要是不嫌弃，就做姑姑的干闺女吧！"

我忘不了童年所受的屈辱，我用报复的口气大声说："我嫌弃！我不会认你做干妈！"

姑姑被我的话噎着了，直瞪眼。

我接着说："我没钱借给你。你想用钱，可以拿房产和田地做抵押，去信用社贷款。"

姑姑说："你怎么这么薄情寡义！管咋的，咱们过去是一家人呀——"

"我没有过去。"我说，"你记住了，我没有过去——"

姑姑威胁道："要是这儿的人知道你是私生女，不会拿好眼睛看你的！"

我冷笑一声，说："这年头谁要说自己是私生女，等于说血统高贵，还很时髦呢！"

我结过账，给姑姑留下五百块钱，告诉她如果想住下，就去饭馆旁的小旅店，一宿九十；如果不想住，直接去火车站买票回返。姑姑可怜巴巴地问："你就不能陪我一下晌吗？"

我说工作忙，毅然走出饭馆。姑姑追出来，说她还带了两包粉丝给我呢。我头也没回地说："我那儿做不了饭，你随便送人吧。"

户外春风荡漾，花香扑鼻，可我想起穆师傅那张干瘪的脸，一阵作呕。如果他真是我生父，那我绝不会饶恕这个强奸了母亲的罪人！

我步履沉重地踏入单位大门时，被传达室的老头喊住了，他说刚才扫地时，捡到一枚胸针。他说上午只有我和找我的人到过传达室，估计是我们遗落的。那是一枚玉簪花形态的仿银胸针，在姑姑佩戴的假饰品中，唯有它看上去别致。

我接过胸针，告诉老头这是我姑姑的。

"你这个姑姑真有意思。"老头说，"他怕我不给她找人，拿出一包粉丝要送我；等我打完电话，告诉她你马上下来，她把粉丝又装回去了。"

老头笑了，我却笑不起来，心里有痛的感觉。

我攥着那枚胸针出了传达室，来到小花园，选了一棵盛开的紫丁香，把胸针别在花丛中。当丁香花像星辰一样在黎明的天际落败时，这枚玉簪花，将为这棵丁香，续写花事。

12

我很快接近了穆师傅,并认他做了干爸。

那个春天对我来说暗无天日,我与他交往时佯装笑脸,内心却流着眼泪。我仔细观察穆师傅的五官,发现自己确实非常像他,比如豆一样的小眼睛,比如说话时微微下垂的唇角。最要命的是我们的耳朵,轮廓完全一致,它们就像血亲的旗帜,幽灵般地飘扬在我与他之间。我朝他要过燕燕的照片,我们真的很像姐妹,难怪穆师傅初见我时,撞着鬼似的打寒战。当复仇之火在我心中熊熊燃烧起来的时候,我还想通过技术手段,最后鉴定一下血缘关系,以免错杀。

血液并不是DNA检测的唯一途径，唾液、指甲、毛发等都可做样本，可我认准了血。为了采到穆师傅的血样，我买了套理发工具，拿松花江边缓坡上的青草练手，熟练地掌握了用推子的技巧。江边的人见我给草剃头，都当我是疯子。我记得一个礼拜天的黄昏，齐德铭出差了，天有点阴，我带着理发工具去了穆师傅的宿舍。听说我要给他剃头，他非常高兴，嘱咐我别把他头发剃得太光。说坐过牢的人，出来后再不喜欢剃光头了，也都不喜欢穿马甲了。我给他剃头时，他非常安静，没有说话，偶尔发出一声知足的叹息，很享受那个时刻似的。剪下的头发如同衰草，带着股霜雪的气息。我在将剃完头的一瞬，沉着地将推子斜斜地探进他的后颈窝，用推子一侧锐利的尖头，刺破他的肌肤。当那股我期待的鲜血涌流而出时，我就像看到一朵妖花，充满恐惧。穆师傅只是轻轻叫了一声，安慰我不要紧，说是高级理发师也有失手的时候。我拿着事先备好的棉球，为他清理创口，如愿采到血样。

没有相关单位开具的血样鉴定证明，DNA的化验就做不成，我跑到黄薇娜家，求助于她。黄薇娜家的沙发桌上，摆了一大瓶香气蓬勃的黄玫瑰。她刚洗过澡，湿漉漉的头发披垂着，穿一条葱绿的睡裙，绿水横流的样子，看上去清新愉悦。她说刚过完生日，鲜花是一个新结识的朋友送的。我夸赞她的朋友眼光不俗时,她得意地说:"就是!这个人看上去五大三粗的,可是气质不凡!哪像林医生,一送我生日玫瑰,不是红就是粉!"

黄薇娜说自春节始,她改变对林医生的策略了。他们一家三口在亚布力滑雪时,她主动跟男性接触,与他们一起滑雪,一起喝烧酒吃热气腾腾的杀猪菜,快快乐乐的。林医生装作不在意,可内心嫉妒得发疯。现在她不主动给林医生打电话,也不监视他,随他跟那女孩同居。每到周末他回来看林林时,她总要约个男友在家喝茶谈天,林医生看见,敢怒不敢言。

"林医生真傻,有次他回来,与我约会的男人走了,他还嘲讽我,说黄薇娜你现在怎么胃口那么好?频繁更换性伙伴,不他妈怕感染艾滋病吗?"黄薇娜哈哈大笑着说:"亏他还是医生,不明白男人首先是发情的动物,其次才是讲情感的人。我换男友换得勤,就因为他们一旦试探出你不会跟他上床,便不会在你身上耽搁工夫,你只能召另一个上门。再说了,儿子在家,我哪能做那事啊。"

我从黄薇娜的话里,还是感受到她的心,并不像她的外表那样明媚。

"你何苦折磨自己,早点放弃吧。"我说。

"等他崩溃了,我再放弃也不迟,我不能给那小妖精一个生气勃勃的丈夫!因为这混蛋说话太损,嫌我太健康,他乏味了!他做了医生后,喜欢楚楚可怜的女孩了。你说他是不是变态?谈恋爱时,他是多么喜欢我的明朗和健康啊。我得把他折磨成病人再说!"黄薇娜发泄完,将目光转向黄玫瑰时,眼神忽然变得温柔了,她叹息一声,说:"也有人喜欢我的健康和明朗,不是所有的男人都是阴沟的老鼠,见不得阳光。"

我把两份血样呈给黄薇娜请求帮助时,她定睛看了我半响,说:"出了什么事?不跟我说实话,我可不帮你做什么亲子鉴定。"

我说:"好朋友帮忙是不问理由的。"

"那得看是帮好忙还是坏忙。"黄薇娜说。

"当然是好忙。"我说。

"哦——"黄薇娜沉吟片刻,说,"好吧,帮你做次违规的事情——"

"这是鉴定费。"我从包里掏出三千块钱递给她。

黄薇娜大大方方地说:"钱我是得收下,接私活没有白干的!这样吧,多退少补!"

"好的——"我说,"怪不得男人都喜欢你!你做事痛快,不忸怩!"

六月的一个黄昏,我和齐德铭在中央大街的"老上号"吃过饭，去松花江畔散步。一到夏日，哈尔滨最夺人眼球的就不是中央大街，而是江畔的斯大林公园了。林荫路下的长椅很少有闲着的时候，江堤石阶上，更是坐满了相依相偎的情侣。卖风筝和棉花糖的，卖冷饮和凉糕的，卖遮阳伞和凉帽的，生意跟江水一样回暖了。我和齐德铭走到九站码头时，夕阳将江水染得一派金黄。我跟他开玩笑说，咱们租条船，到江里捞金条吧。齐德铭说好呀，省得我东奔西走推销药！他跑到船主那儿问价时，黄薇娜打来电话，告诉我DNA的检测结果，送检的两份血样，所检测出的多个位点完全一致，存在着遗传学意义上的血缘关系。听完电话我牙齿打战，浑身哆嗦。齐德铭租好船，回头吆喝我上船。我走向他时流着眼泪，齐德铭连问我出什么事了？我说想着下江捞金条，就要从穷人变成富人，激动哭了。齐德铭撇着嘴说："骗人倒挺诗意的！"

吉莲娜说犹太人将落日，看作是新的一天的开始。可对我来说，那晚的落日是永远的落日，我的生命再无日出可言了。

我暗自发誓要为母亲复仇！

齐德铭划着船，我坐在船头，在大自然的美好晚景中，想着干掉穆师傅的种种方法。用耗子药包顿饺子让他吃掉,毒死他;在饮料里给他下安眠药,将他迷昏,然后割他的手腕,让那些肮脏的血流尽,造成自杀的假象;搬开路灯昏暗路段的一个破损的马葫芦盖,深夜将他引入那里,让他坠井,一颗污秽的灵魂,正该由污水井收留。可这些方法容易将我暴露,我不想被当作杀人犯处死,不想失去齐德铭。江水发出翻书似的哗哗声响,好像松花江是个大才子,正挥毫书写华章。我忽然想,何不在小船上将他干掉呢?穆师傅说过他恐高恐水,只要把他骗到船上,傍晚时划入无人的江水深处,趁他不备将他推下,他不就见阎王了吗?那样我可以名正言顺地跟世人宣告:我干爸从船上,不小心落入水中了,他和我都不会游泳,没法自救和施救,看来这个计划最可行。

我们回到岸上时,天已黑透了。齐德铭让我跟他回住处,说这样的夜晚需要一场缠绵。我没心情,拒绝了他。齐德铭生气了,他当着我的面,给一家洗浴中心打电话,预约按摩女,说:"对,我半小时后到,要个手把好的,十八九岁,长头发的女孩!对了,我不喜欢吸烟的,还有,指甲不能太尖!"

我说:"你也给我叫个鸭吧。"

"你想要什么样子的?"齐德铭问这话时,好像蛇要发出攻击,嘴里发出咝咝的声响。

"最好能把我——"我顿了顿，吐出两个粗鲁的字："搞死——"

"那地方只有鸡，没有鸭！"齐德铭吼着，先是扇了我一巴掌，然后颤抖着抱住我，说，"小娥，千万别为了报复我，糟蹋了自己！这样吧，咱们坐船过江到太阳岛去，那儿有租帐篷的，今晚我们哪儿都不去，就在帐篷里过夜。"

我像木偶一样被齐德铭牵引着，乘轮渡过江，到了夜色茫茫的太阳岛。我们租用了一顶热气球似的红蓝条帐篷。那个夜晚我们仿佛末日狂欢，浑身汗湿，像两条被打上岸的鱼，折腾得筋疲力尽。我在睡去的一刻轻轻问他："指甲尖的女孩有什么不好？"齐德铭恹恹无力地说："有的女孩快乐时，喜欢在你身上乱抓。尖指甲跟锥子一样，扎得我肉疼。"

齐德铭的话，刺得我心疼。

实施杀人计划前，我多次去松花江划船，练习脱桨时，如何保持船体的平衡。我可不想推他入江的时候，船体倾覆。为了迷惑穆师傅，那期间我没忘了给他打电话问安。

机会终于在一个周末的傍晚来了！

穆师傅突然打来电话，说干女儿哪有白当的，要送我条金项链，问我去哪里买好。我立刻说中央商城，因为那儿离松花江近。

我们见面的时候,太阳西沉了。穆师傅穿着深灰的裤子,蓝白条T恤,刮了胡子,干干净净的,腰不那么弯了,眼神也有了温柔的光影。我跟他说在报纸上看到周生生推出一款新样式的金项链,非常漂亮,可刚才等他时,我进去问了一下,哈尔滨还没到货,想等等再买。穆师傅爽快地说:"买就买个可心的,等吧!"不过他说既然到商城门口了,不能不进去逛逛。他嫌我穿得素气,要给我买条花裙子。我说改日吧,我有点头痛,不如去松花江上划船,风凉风凉。他问我会划船吗,我点点头。穆师傅欢天喜地地说:"那敢情好!"

我们往江边走的时候,只要逢着热闹,我都会主动停下来,让他最后看一眼。那时正值哈尔滨之夏音乐会期间,中央大街成了音乐的秀场。在马迭尔旁啤酒广场表演室内乐的,在金谷大厦门前吹萨克斯的,吸引了众多的游客。穆师傅每凑上前,总要拨拉一下耳朵,好像他的耳朵是空白的音碟,拨动它们,就能将美好的乐音录下似的。

我们在靠近防洪纪念塔的码头租船下水时,夕阳已尽。江上船来船往,但比陆地还是清静多了。小船不大,穆师傅坐船头,我坐船尾,我们相对着,不到两米的距离。

穆师傅刚上船时有点紧张,待他发现我这个掌舵的,能自如地错开其他小船,便放心了,愉快地慨叹江上比岸上好,没灰尘,还风凉!他大声问我会唱歌吗,我摇摇头,紧盯着他的眼睛,说:"我妈妈会唱歌。"他低下头,轻声问:"她唱得好吗?"我点点头,说:"好听,都是民歌。"

穆师傅的嘴唇哆嗦着,说:"民歌好哇——"

我将船划向北侧的江桥,那儿的巨大桥墩,可做罪恶的挡箭牌,我想在那儿下手。

天渐渐黑了,江上除了往来的大轮渡,消闲的小船渐次归航了。水面黯淡了,却也开阔了。江风浩荡,带来无边的凉意。桨板拨水的声音,先前听不真切,可当我们远离喧嚣,走向孤独时,桨声澎湃。我划得浑身汗湿,接近江桥时,穆师傅突然问:"头还痛吗?"我说好多了。他说:"江上风大,早点回去吧。"

可我不能掉头,我要把他留在深渊里。

船至桥墩时,一两百米之内,再也看不到一条船了,而江桥之上,恰好有一列火车经过,发出巨大的轰鸣声,这正是下手的大好时机。我悄悄撇开桨站起来,欲冲向他。可不知久坐的缘故还是惊恐,我的腿打着哆嗦,挪不动步。火车很快通过江桥,小船开始颠簸，可我还是不能动弹。穆师傅大声问："小娥——怎么了？"

"怎么了？你该知道的！"我抽泣着，冲口而出，"你隐瞒了一宗罪！"

桥下是黯淡的，可离桥墩两三米远的水域，因为有了桥上灯光的投影，就像落了无数朵春花，有一股说不出的明媚。

穆师傅把着船帮，将头扭向那片湿润的灯影，呜咽地说："我该想到你知道了。"

"你强奸了我妈妈！"我哭喊着，"强奸女人的男人都是混蛋！该死！"

桥下水流相对平稳，可小船还是打着旋，穆师傅唤我先坐下把好桨，待他讲完他的故事，我还想要他的命的话，他无怨言。

事实上我已支撑不住，穆师傅的话，给了我一个坐下的理由。

穆师傅讲述的时候，双手不时在脸上抚过。他说贫穷和疾病，是两大害人精！他原本有个快乐的童年，可那场梦魇似的克山病，夺去了父母和哥哥的性命！他成为孤儿，被一个放羊人收养。养父人好，但是又穷又老又丑，没有女人肯嫁给他。穆师傅长大后，养父中风，穆师傅便去生产队喂牲口，挣工分养家。穆师傅说养父瘫痪了,但意识始终清醒。他见养子渐渐成为大龄青年,便不让他喂牲口了。后来穆师傅才从邻居口中,得知养父不让他喂牲口为的什么,他是怕他娶不上媳妇,打牲口棚那些小母羊的主意!说人毕竟是人,不能和牲口搞一块。穆师傅说到这儿,声音颤抖了。

穆师傅说他们村子穷,而我们村子相对富裕些,所以每年的清明节和鬼节,他都会沿着乌裕尔河,傍晚赶到我们村的坟场,拾取坟头的供品。有一年他划拉回家的白面馒头,装了半面袋!运气好的时候,还能捡到熏肉、鸡蛋、鱼块、苹果、香烟、糖果等供品。他在坟场,从来没碰到过人,因为他到的时候,人们都上完坟了。可是那年七月十五的黄昏,他却在东山岗的坟场,遇见了一个女人!那女人他看了一眼就动了心,丰盈的红唇,湿漉漉的眼睛,穿着蓝花小褂,可爱之极,他没有忍住,冲上去把她抱住了。

"她没有挣扎?"我颤抖着问。

"挣扎了——"穆师傅说,"可当我告诉她我这般年龄了,还没尝过女人的滋味,她要是不答应,我可能拿小母羊撒野,堕落成畜生,她不挣扎了。她虽从了我,可她一直发着抖,我也发着抖。"

"恶心!"我叫喊着,"你该让雷劈死,让牲口给踩死，让狼给咬死！"

"小娥——"穆师傅说，"能不能放我条生路？我为当年犯的罪去自首，法院判我多少年，我就坐多少年牢！有你在，我就是坐牢坐到死，也心甘情愿！"

"你自首，我就得受牵连！你以为我想让人知道我是一个强奸犯的女儿？！"我说，"做梦吧！"

"我明白了——"穆师傅说这话时，语气恢复了平静。

他在投江之前，将身上的钱包留给我，告诉我里面有张工行的银联卡，没设密码，有五万多块钱，希望我结婚时能用它买点什么，他最后对我说的话是："回去时慢慢划，上岸后打车回去，别一个人走夜路。"

穆师傅纵身跃入波涛之中。

我划着小船离开江桥时，月亮出来了。

不过那晚的月亮在我眼里就像野鬼，惨白惨白的。

13

穆师傅的尸体,是在道外江段发现的。

那天晚上,我一回到码头便报警,说干爸在船上没有坐稳,在江桥附近落水了。当救生艇越过江桥,向下游搜寻的时候,发现了像黑鱼一样在月夜的江面漂浮的他。

警方怀疑我吧,法医对尸体进行了解剖。结果显示穆师傅没有外伤和内伤,自溺而亡。

齐德铭的父亲在皇山公墓给他买了块墓地,厚葬了他。

他死了,我以为自己报了多年的仇,内心会获得解放，其实不然。我寝食难安，精神恍惚，工作频频出错。不该校对的地方，我用红笔勾勾连连，乱改一气；而错的地方，我却像瞎子一样看不出来。最恐怖的是有一天，我居然把头版的一篇社论中的关键词"旗帜"，改为"妻子"，幸好值班的副总编辑敬业，发现了这个重大错误，得以在付印前纠正。领导火冒三丈地找我谈话，说作为一名职业校对，出这样的问题是不可饶恕的！说这事若在"文革"，我就会被当作政治犯关进监牢！如果再犯类似错误，报社就会解聘我。

我想保住饭碗，再校对时，见着每个字，都像是久别的亲娘，要一看再看，害得我眼睛生疼，一天点数遍眼药水。

我茶饭不思，面色萎黄，穿衣戴帽马马虎虎，上班时袜子穿差色了，衣服的纽扣系错了位，已是常事。最要命的是夜里噩梦不断，大喊大叫，时常惊醒吉莲娜。

齐德铭以为我的反常，是因为眼睁睁看着穆师傅落水，受刺激而引起的。他张罗着帮我再认一个干爸，说这世上的亲爸只一个，干爸只要想认，成百上千地等在那儿。

还是黄薇娜深知我心，她虽不知道我身上究竟发生了什么事，但肯定我的反常，与那个DNA鉴定结果有关。她说早知如此，当初就不帮我忙了。她说这世道，糊涂者愉快，清醒者痛苦。她建议我请病假休养一段。那时我正被字折磨得身心俱疲，校对时每个字都让我生疑，快到崩溃的边缘，我接受了黄薇娜的建议，请了病假。

穆师傅留下的银联卡，事发后被我拿回来，藏在床板下，一直没敢用。休病假的日子，我取出它，装进钱包，在中央商城，依照穆师傅的意思，买了条花裙子。刷第一笔款时，我心慌气短，做贼似的东张西望，在银联单的交易单上签穆师傅的本名穆长宽时，笔头颤抖。但交易成功后，我拿到花裙子，胆量倍增，再用它时气定神凝，大大方方，仿佛它本该归我所有。我疯狂购物，买了金项链、手机、碧玉手镯、高档皮鞋和太阳镜。短短一周改头换面，消费了一万多块。除了逛商场，我还进酒楼享受美食，如今大多的餐馆都能刷卡了。我爱吃麻辣小龙虾和水煮鱼，嘴唇被辣得红艳艳的，连口红都省下了。齐德铭见我打扮得妖里妖气，不断添置贵重东西，认定我学坏了。在他眼里，我这种姿容欠佳、性情古怪的女孩，傍不上大款。如果我没傍大款，没中彩票，手头突然宽绰起来，一准做鸡去了。

齐德铭对我淡漠起来，我却放不下他。有一天我没打招呼，去了中山花园。沐浴之后，我打开他的旅行箱，将那件寿衣披在身上，奔向满怀激情在床上等我的齐德铭。他吓得用被子蒙住脸，凄厉地叫了一声"女鬼"，不再理我。

物质生活得到满足后，我的精神依然处于危崖状态，夜里服用安定，也睡不了一个囫囵觉。我眼睛发花，幻听，大脑常常一片空白。有天深夜，我梦见了穆师傅。他瘦得不成样子，衣衫褴褛，光着脚，面如白纸，胡子拉碴，耷拉着眼皮，擎一只空碗，走街串巷地讨饭。叩到我门时，他一见我，老泪纵横地叫了一声："闺女啊——"我从梦中醒来浑身汗湿，望着黑洞洞的天棚，号啕大哭。吉莲娜被惊醒后，打开厅里的灯，推开我屋门。乳黄的光影中，穿着白色丝绸睡袍的她形销骨立，头发披垂，骇人之极，吓得我大喊大叫。吉莲娜走过来，轻声说："小娥，别怕，我是吉莲娜呀。"

我呼唤着吉莲娜的名字，扑进她怀里，哀求着："吉莲娜，救救我！"

吉莲娜温柔地抚摸着我的头发，轻轻问："你丢了工作？"

我说："没有，不过也快了——"

她又问："那个卖药的和你分手了？"

我说:"有一天我穿上他的寿衣,把他吓傻了!不过不完全是因为这个。"

"小娥,你不会是身体出了大毛病吧?"吉莲娜扳住我的肩头,定睛看着我说,"你这一段气色吓人,天天花钱,是不是以后花钱的日子不多了?"

"不是!"我终于忍不住,对吉莲娜说,"我逼死了亲生父亲,是我杀了他!"

吉莲娜瞪大眼睛缩回手,僵直地站起来,脸色惨白,缓缓离开了。她的房间很快传出诵经的声音。夜深时分,厅里的花草释放着淡淡的幽香,诵经声从此穿过,感觉那声音就像迎春的枝条,濡满花香,说不出的美好。

吉莲娜祷告完,去厨房准备茶点,端到钢琴旁的小桌上,唤我出来。

我们对坐着,喝着绿茶,吃着咸味奶酪,开始了长谈。我把埋藏在心底的话,毫无保留地对她讲出来。而她听完我的身世遭际,也把深藏在心底的秘密,告诉了我。

吉莲娜说,其实她与我一样,也害死了父亲!不同的是,我害死的是生父,她害死的是继父。

吉莲娜的继父和母亲结婚时,是伪满日本人统治的时代。那些流亡到哈尔滨的犹太人,都怀有复国梦想。他们中的一些人，把这份梦想，寄托到了日本人身上。日本人也暗地许诺，可在中国土地上，让他们实现梦想。

吉莲娜说继父是生意人，但他打交道的日本人，不局限于商人，有很多政界和军界的人，他常在新世界和马迭尔宴请他们。吉莲娜十八岁的那年夏天，继父破例在家里招待了一个客人，他来自新京，在日本关东军司令部担任要职，此去满洲里视察边境防御工事，路过这里。这个日本人比吉莲娜大十岁，又矮又瘦，眼睛像鹰一样，不苟言笑，气质阴郁，说一口流利的中国话。席间继父唤吉莲娜为他们弹奏一首钢琴曲，她选择的是舒曼的《童年即景》。吉莲娜说她怎么也没想到，这次见面后，这位军官从满洲里回来，专程来哈尔滨登门拜访，向她求婚。母亲不想让女儿嫁给日本人，尤其不愿意她离开哈尔滨，继父却欢欣鼓舞的，说吉莲娜跟了这样的人物，对他们实现犹太复国的梦想大有好处，极力说服吉莲娜。可吉莲娜态度坚决，说她不愿嫁给军人，尤其是日本人。继父表面上尊重她的选择，实际上策划了一个阴谋，将吉莲娜拱手相让。

日本军官离开哈尔滨的前夜，继父说铁路俱乐部有别莉茨卡雅的演出，邀吉莲娜同去，他知道她非常喜欢这位女歌手唱的犹太民歌。吉莲娜没料到，她到了俱乐部，日本军官已在那里，与她座位相连，怪不得吉莲娜的母亲要一同来时，继父说没有余票呢。演出结束后，他们同乘一辆汽车离开俱乐部，继父说应该先送客人回旅馆，这样车子驶向了格兰德旅馆。夜色渐浓，街上车马稀少，灯火寥落。到了旅馆门口，日本军官邀请他们下车喝点什么，继父爽快地答应了。吉莲娜想着与继父在一起，安全无虞，跟着下去了。日本军官在他旅馆的房间招待的他们，让侍者送来茶点。吉莲娜的继父问她想喝什么，她看了看，从清酒、咖啡和茶中，选择了奶油咖啡。她拈起杯子刚啜一口，继父提示她应该去洗个手。吉莲娜洗手归来，一杯咖啡落肚，身上发软，困倦难当，视物模糊，她嚷着回家，继父不予理睬，撇下她离去了！那一瞬她明白了，他们在她的咖啡里下了药。吉莲娜次日清晨醒来时，发现自己赤身裸体地躺在旅馆的床上，身旁是日本军官。他向她热烈表白，说爱她这个人，爱她的琴声，希望她能嫁给他。吉莲娜说："你就是用枪顶着我的头，我也不会答应！"她挣扎着起床时，继父到了。他夜里回了家，对妻子说吉莲娜看演出时碰见了同学娜塔莎，去她家住了。吉莲娜和娜塔莎是好友，一起弹琴，一起学画，以往她贪玩时，也有住在娜塔莎家的时候，所以吉莲娜的母亲也没起疑。

继父以为吉莲娜被日本军官占有了，会在婚事上低头，没想到她宁死不嫁。吉莲娜说从那时起，她就想要继父的命！她不能容忍母亲跟这样一个心狠手辣的男人过下去。日本军官回到新京后，对吉莲娜念念不忘，几次来哈尔滨看望她。吉莲娜见他痴心不改，开始装疯卖傻，这一招果然奏效，日本军官见她精神异常，掉头而去。吉莲娜调侃说，她是个高超的演员，连母亲和继父，都被她骗了。

日本军官从她的生活里消失后，吉莲娜开始了复仇计划。继父沉迷于大烟，但他从不去烟馆，只在家抽。他辟出一间屋，名义上是待客的茶室，其实就是烟室。他有两杆烟枪，宝贝似的横在红木条桌上。一杆是湘妃竹的烟身，烟头包银，翡翠烟嘴，爪形的紫砂烟葫芦；另一杆烟枪的烟身是非洲犀牛角的，上面雕刻着蝙蝠和石菊图案，烟嘴是象牙的，烟头包金，六角形的紫砂烟葫芦侧壁上，镶嵌着六颗红宝石，美轮美奂！这两杆烟枪，继父都喜欢。他在躺椅上烧着大烟膏，心醉神迷地吞云吐雾时，家人是不能打扰的。

吉莲娜打起了这两杆烟枪的主意，想浑然不觉地杀死他。她买了砒霜，每隔一周，悄悄用牙签将它们从烟嘴和烟葫芦拨拉进烟身，为他设置了一条死亡通道。砒霜埋伏进烟枪，等于每天在吸继父的血。吉莲娜说从那以后，继父每吸食一次大烟，都要难受几天，可越是难受，他就越想着吸。他变得烦躁，消瘦，咳嗽，胸痛，终于有一天，他吸完大烟后，在去松浦洋行办事的途中猝然倒地，一命呜呼！人们只当他是吸食了过量大烟而亡，包括吉莲娜的母亲，所以尸体顺利入殓了。葬了他以后，吉莲娜不再装疯，恢复常态。而那两杆烟枪，虽然价值不菲，但吉莲娜的母亲憎恨它们，说它们是害人精，填进炉膛烧掉了。吉莲娜说她最心疼的，是镶嵌在烟葫芦上的那六颗红宝石。

继父死后没几年，日本宣布无条件投降，东北光复了！吉莲娜在报纸上，看到强奸她的日本军官，在大溃逃的前夜，在寓所剖腹自杀。而她在这样的时刻，迎来了爱情的曙光。这道曙光，在她心灵的地平线上照耀，直至晚年，始终不灭。

吉莲娜是在哈尔滨出生长大的，俄语汉语都好，当年苏联红军打过来时，她被苏联领事馆聘为翻译，参与了战后一些事宜的处理，吉莲娜说她得以认识了一位苏联外交官。这人高贵儒雅，比她大十多岁，喜欢音乐和绘画。她知道他在苏联有家室，而且很快会离开中国，但还是抑制不住地堕入情网。我问他那位外交官叫什么名字，吉莲娜不肯说，只说他跟她一样，也是个天才的演员。因为他成功诱捕了在哈尔滨的亲日白俄反动头目，将其押送回国，投入了莫斯科的卢布莱扬卡监狱。

苏联外交官和吉莲娜在哈尔滨告别时，请她去马迭尔吃饭，送她一枚雪花形态的胸针。他们一起跳了舞，一起喝了酒。吉莲娜说他非常会带女伴，舞姿刚劲而轻盈，在他的臂弯里起舞，感觉自己就是一朵云。他们告别后，再没见过面。

"连信都没有通过吗？"我问她。

吉莲娜摇摇头。

我说："你们告别那天，你跟他跳舞，是不是梳着辫子？"

"你怎么知道？"她吃惊地问。

"新年时你请我去马迭尔吃饭，梳着辫子。"我说，"你别着的，也一定是他送的胸针。"

吉莲娜抿着嘴，羞涩地笑了。

"那时你才二十多岁，能从这样的爱中熬过来，真不容易。"我说。

"小娥，不怕你笑话，他回到苏联后，我痛苦极了！我每天晚上都偷着流泪，瘦得不成样子。我怕自己真的疯了，转年三月独自去了杭州，到香雪海看梅花。站在梅园里，看着梅花边开边落，想着美好的爱情跟花一样，也就是那么一段时日，我就看开了。反正我盛开过，在心底存了一辈子可以回味的香气了。"

至此我也明白了，为什么吉莲娜不把母亲和继父葬在一处。我问她现在还恨继父吗，她意味深长地说："我杀了他，我要洗清的是自己的罪。"

我激动地问："杀了魔鬼，也有罪吗？"

吉莲娜没有回答我，她反身回屋，捧出镶嵌着六芒星的藤条匣，对我说那里除了经书，还珍藏着苏联外交官送她的胸针，以及一个她亲手缝制的香囊，里面装的是当年她去香雪海拾得的梅花。她嘱咐我，她死了以后用白布裹身，胸针和香囊随她一起火化。藤条匣和经书，捐赠给犹太新会堂。她说关于房屋等遗产的处理，律师会做；而藤条匣里的东西，我帮她处置最恰当。

我答应了她。那时天色已明。

14

哈尔滨的夏天一到,家家的衣柜就受累了。那些厚重的冬装本已压得它们手脚发麻,现在春装又挤了进来,空间变得更为狭小,再加上为防毛织品生虫而放置的樟脑球,散发出难闻的气味,衣柜的气闷可想而知了。

衣柜气闷不要紧,女人们欢心了。

很少有女人不喜欢夏天的,夏天可以让她们翻腾出袒胸露肩的绫罗绸缎,穿出风情来;但有一些已婚女人,对夏天还是有怨言的,因为出汗多,家人的汗衫得一天一洗;还有,男人们这时节贪恋冰镇啤酒,他们在夜市的大排档和街头的小酒馆，三五成群，就着炝拌菜，不喝到夜深不归，无意中冷落了她们。虽说如此，女人劳碌之后，经过一夜的休息，清晨换上清爽的夏装，看着镜中飘逸的自己，心境又明朗起来了。

我却不敢穿那些裸露肌肤的夏装了，超短裙、大V字领的鲜艳T恤、短袖衫、水磨蓝的牛仔短裤以及皮凉鞋，往年是我服饰中的宠儿，可那个夏天我把它们打入冷宫，不闻不碰。我开始购买保守的夏装，衬衫一律的长袖，一律的纽扣贯顶，直至脖颈；裙子曳地，可以当拖把使，皮凉鞋代之以长舌头的皮鞋，不露脚踝。我比修女捂得还严实，半寸春光不露。

自从跟吉莲娜说出心中的秘密，我仿佛是找到了同谋，内心不那么惊恐了，噩梦也少做了，轻松了许多；可吉莲娜却不然，她看上去更阴郁了，常常看着我发呆。我以为她后悔讲出自己的故事，因为秘密只有埋藏在自己心底，才是最安全的。我向她表明，我虽在报社工作，但绝不会做那种无良记者，将她的经历写出去，不会将她的秘密示人。

吉莲娜听我这么说，终于实言相告，她忧戚的不是自己，而是我。她说我逼死了父亲，可从我的眼神中看不到忏悔，这很可怕。她说一个人不懂得忏悔，就看不到另一世界的曙光。我想起了齐德铭曾对我说过，我之所以吸引他，是因为我的眼底有一种绝望的东西，与他合拍。如果按吉莲娜的说法，他也是看不到另一世界曙光的人。

吉莲娜说1948年以色列宣布独立后，五十年代初，在哈尔滨的一些犹太人，陆续回到了以色列，可她从没动念离开这里。除了因为当年犹太人备受迫害时，是哈尔滨伸出温柔的臂膀收留了他们，还因为她的爱和恨都在这里。她说有爱的地方，就是故乡；而有恨的地方，就是神赐予你的洗礼场。一个人只有消除了恨，才能触摸到天使的翅膀，才能得到神的眷顾。她说半个多世纪下来，她的爱没变，但她对继父的恨，逐日消泯。

我对吉莲娜说，连人世都陷在黑暗中，我不相信另一个世界会有曙光！

吉莲娜说，人世的黑暗和光明，是一半对一半的。正因如此，神给在黑暗和光明中跋涉的人类，指明了两条路，一条是永远的光明，一条是永远的黑暗！

我阴阳怪气地说："不就是天堂和地狱吗？天堂到处是光明，可我紫外线过敏，去了那儿，兴许还受不了呢！地狱在我眼里更没什么可怕的，我不是已经在地狱中了吗，不怕再下一次。"说这话时，我的泪水涌上眼眶。

吉莲娜的眼睛也蒙上泪水，但她还是说："可是小娥，我仔细想了，你父亲当年在坟场对你母亲做的事，不是不可原谅的。你母亲不是也可怜他，最终顺从了吗？"

"你是说那不叫强奸，我不该让他死？"我说，"那你凭什么用砒霜毒死你继父？！"

吉莲娜哀怜地说："我不是说过，我在清洗自己的罪吗？"

"我没罪！"我冷笑着说，"您不要责备我，我是在坟场受孕的孩子，是魔鬼的化身！"

吉莲娜霍地站起来，行动从未这么迅疾过，劈手打了我一巴掌，然后像朽木一样，伏在我身上哭了。这是我第一次听见她放声大哭。她松开我的时候，贴了下我的脸颊，说："对不起，我不该打你。我只想让你懂得慈悲，慈悲会给人带来安宁和喜悦。还有，你看夏天哪个女孩穿得像你似的？别把男人都看作强奸犯。"

吉莲娜贴着我的脸时，我的心被刺疼了，她的脸颊像深秋的枯叶，异常干涩，似乎我轻轻一碰，她的脸皮就会像遭遇了地震的大地似的，瞬间绽裂。一个女人丧失了水分，大概离死不远了。我害怕她离去。

从那天起，吉莲娜的身体每况愈下。以前她睡不好觉，现在却睡不醒了。她昏昏沉沉从床上爬起来时，通常是骄阳似火的正午了。她梳洗完毕，吃过东西，整个下午便关在屋里祷告。她的每日两餐，变成了一餐，黄昏时分，她至多下楼喝上一杯咖啡。她不碰钢琴了，只是怜惜厅里和露台的花草蔬菜，不忘了给它们松土浇水。

吉莲娜最需要人照顾的时候，我却到黄薇娜家陪伴林林去了。

黄薇娜随香港来哈尔滨的一个经贸代表团，去北大荒采访，她说不放心把林林交给林医生，怕那个学画的小妖精害了孩子，让我帮她带一周，反正我休着病假。跟林林在一起时，我每天总要抽空看看吉莲娜，买点面包和水果送过去。她的腿越来越不听使唤了，行走的时候，她的身体前倾着，一副慨然向前的姿态，可腿却像被什么东西绊住了，举步维艰。吉莲娜收下面包水果，总要问清价钱，毫厘不差地付给我。而我由于烦乱，忘了付每月规定的水电煤气费用，她也不客气，当面催缴，每笔账都算得清清楚楚的。

黄薇娜从外地回来的前日，正好是礼拜天，林林不用去学校，我们睡了个懒觉起床后，每人吃了一碗鸡蛋面，我见阳光灿烂，便跟他说先带他去看望吉莲娜奶奶，然后去太阳岛的极地馆看企鹅。林林很兴奋，自逾越节后，他就没见过吉莲娜。他说要把自己装扮成摩西的模样，给吉莲娜奶奶一个惊喜。

摩西什么样？按照我的理解，他应该一袭黑衣，披红色斗篷，戴黑礼帽。林林只记得摩西有一根手杖，他不配合我找衣服，而是跑到储物间翻手杖。最终他拎出一条紫檀色的桃木手杖，说这是他姥爷用过的。他妈妈说留下这条手杖，是想等她老了无人管时，把它当儿子使。林林问我："手杖不会说话，能当儿子使吗？"我说不能，林林说就是，儿子能和妈妈亲嘴说话，手杖会吗？正是林林的这句话，激起了我做母亲的欲望，我又不可救药地思念起齐德铭。

我们到吉莲娜家时已是正午。林林穿白衬衫，黑裤子，戴顶卷檐式牛仔帽，拎着手杖。天热，我在街角顺路买了个西瓜，想着进屋后，给吉莲娜杀西瓜吃。

按照和林林事先设计好的，上了楼后，我悄悄用钥匙打开门，让他先进去，我留在门外，为的是给吉莲娜一个惊喜。

门打开后，林林拄着手杖，一缕风似的飘了进去。我听见他模仿着太空音，念经般地说："摩、摩、摩，西、西、西，来、来、来，了、了、了——"吉莲娜呵呵笑了两声，跟着是"扑通——"一声闷响，林林惊叫起来。

吉莲娜倒地了。当时她正用喷水壶，给盛开的含笑浇水。她倒地的一瞬，喷水壶扫着她的脸，将她干涩而漾着笑意的脸，淋上一片晶莹闪亮的水滴，仿佛下了一场露珠。含笑嫌露珠还不够好吧，撒下几片鹅黄的花瓣，用它们的凋零，为吉莲娜另一世的盛开，送上一缕幽香。

吉莲娜早把她律师的电话留给了我，说她走后，第一时间通知律师，善后事宜由他处理，我立即拨通了那个电话。

吉莲娜的律师五十多岁，是个音乐发烧友，稳重老成。遵照吉莲娜的遗愿，我们给她用白布裹身，连同那枚胸针和梅花香囊，将她火化，葬到犹太公墓她母亲身边。葬礼结束，律师才把遗嘱的详细内容告诉给我。他说吉莲娜辞世前不久，针对房屋的归属，对遗嘱做了最后的修改。她把钢琴和与音乐相关的书籍捐给了生前所在的学校；将存款二十一万元，扣除丧葬费和律师费，捐赠给养老院。她最大的遗产是房子，先前她留给谁，做什么用途我一无所知，律师也没透露，我所知道的是，吉莲娜在她生命的最后时刻，把这套房屋的继承人，改成了我。

律师宣布完房屋归属于我的那一刻，我仿佛被送上高原,心跳加快,呼吸急促,面颊发烫,脑子有点缺氧的感觉,出现空白;当律师将吉莲娜留下的土地证和房产证拿出来,问什么时候带我去办理房子过户手续时,我生怕所经历的一切是梦,连连说:"现在——现在就去——"

我在哈尔滨终于拥有了一套自己的房子!我不太相信好运就这么降临到我头上了。我打电话告诉给哥哥,他连夜从老家开车赶了过来。他汗涔涔地进屋后只打了声招呼,就像手执搜查令的警察似的,把房间的每个角落仔细看过,然后吁出一口长气,走到露台,点燃一支烟,带着哭音说:"小娥,哥哥以后不用那么玩命干活了!知道哈尔滨房子贵,你自己买不起,哥哥想帮帮你,给你攒了七万来块了!"

我拉着哥哥的手,眼泪噼里啪啦落下来。

哈尔滨的夏天通常很短,但那个夏天在我印象中很长。八月中旬了,满大街还是穿短袖衫和皮凉鞋的。住在吉莲娜留给我的房子的前半个月,每个早晨醒来,我都像拉磨的驴子似的,绕着屋子转圈,尽管房产证已是我的名字了,可我仍不相信它归我所有。我没有动吉莲娜留下的东西,除却搬走的钢琴和一些书籍,一切都保留着她生前的样子。她和家人的照片,依然摆在壁炉上,每当我从厅里走过,都能感受到她的目光。我的耳畔，依然回响着她诵经的声音。我喝茶时，仍习惯摆两只茶盅，出门时，也会像从前一样跟她打声招呼："我出去了，吉莲娜。"唯一变化的是，她精心侍弄的花草，无论厅堂、露台还是卧室的，一天天憔悴、枯萎，尽管我没忘了浇水、松土和施肥，它们还是走向颓败。我相信花恋旧主，它们追随吉莲娜去了。

我开始觉得，吉莲娜说得或许没错，在我们肉眼看不到地方，有另一世存在。我也开始反思我对生父所做的一切。他真的罪不可赦吗？为什么我报了认定的仇，却心怀郁闷？我一遍遍回想着松花江上的那个夜晚，回想着他让我放他一条生路时，那满怀祈求和哀怨的声音，我的心有一种被撕裂的痛楚。我打电话问齐德铭的父亲，穆师傅的墓地花了多少钱，他告诉我七万。我将生父银行卡里未被我挥霍掉的两万多块钱悉数取出，再加上自己节衣缩食攒下的老本，凑够七万，在一个下雨的周末，打车到印刷厂，送给齐德铭的父亲。我说作为穆师傅的干女儿，买墓地的钱理应我出。他一定从我的眼睛里看出了什么，说："如果我收下这笔钱，能给你带来安宁，我愿意代穆师傅接受。"

告别的时候，齐德铭的父亲忽然对我说："小赵，听说一个犹太老人，遗留给你一套房子，你要是住着别扭，就把它卖掉，我来帮你换套新的！那个地段的房子很值钱，不难出手！"

我非常吃惊，我和齐德铭很久没联系了，他是怎么知道的？

我追问他时，齐德铭的父亲说出了黄薇娜的名字。他犹豫了一番，说他认识黄薇娜时，并不知道她与我在同一家报社工作，而且是好朋友。黄薇娜一直对他说，她供职于一家广告公司，直到他在不久前的电视新闻中，看到她随香港经贸访问团在北大荒采访，才知道她的真实身份。

他这番解释让我明白，他和黄薇娜之间，感情非同寻常。

"你是黄薇娜生日时，送她黄玫瑰的人吧？"我问。

他点了点头。

"齐德铭知道这些吗？"我问。

他说："我跟他说了。"

"他怎么说？"我问。

"没怎么说。"齐德铭的父亲说。

告别他后，我从道外沿着松花江，步行到道里的黄薇娜家。我把伞落在印刷厂了，一路顶着细雨行走。

淋着雨的感觉真好，没人看出你在哭泣。松花江烟雨茫茫，我的心也烟雨茫茫。一个多钟头后，风雨过去了，而我也到了黄薇娜家。

黄薇娜看上去非常疲惫，气色也差。她说吉莲娜死后，林林开始害怕手杖，只要在街上看见拎手杖的人，掉头就跑，说手杖会要人的命。最近他吓得连门都不敢出了，她担心林林会得自闭症。

我觉得很对不起黄薇娜，是我帮着林林扮成摩西，拎着手杖见吉莲娜的。

"我知道你为什么来，齐苍溪刚给我来过电话了——"黄薇娜递给我一条纯棉睡衣，让我把湿衣服换下，以免着凉，然后点起一颗烟，说："赵小娥，你把男友藏得那么深，我真不知道他的儿子就是你男友，而他也是刚知道我在报社工作。不过你别有顾虑，虽说我爱齐苍溪，他也爱我和林林，愿意一起组建新家庭，可现在看来很难！林医生知道我另有所爱，不愿意离婚了，现在他每周回来三次了。这不，他看林林不爱出屋，带他去看电影了。说真的，我要真嫁给齐苍溪，你跟了齐德铭，也挺别扭的。我岂不成了你婆婆？你说你是管我叫妈呢，还是像以前一样叫娜姐？"黄薇娜哈哈笑起来，她的手抖着，烟灰落在她穿着的银粉真丝睡裙上。

"齐苍溪比你起码大二十岁吧？你干吗要嫁老头！"我说。

"那我明白了，你想嫁给齐德铭！"黄薇娜冲我扮个鬼脸。

"我们好久没联系了。"我说。

"但这不说明你们不爱了。"黄薇娜说。

从黄薇娜家出来，天色已昏。我到避风塘吃了一碗蟹黄豆腐，喝了半瓶白葡萄酒，醉醺醺地回家。走到家门，掏出钥匙的一瞬，发现门边立着一把花格伞，是我遗落在印刷厂的那把，门上贴着一张便笺，是齐德铭的字迹：雨天不打伞，不是找罪受吗？哪个女孩像你这么没脑子，整天丢东落西的？

这把回来的伞，鼓起了我给齐德铭打电话的勇气。我进门后放下伞，迫不及待地拨通了他的电话："谢谢你送回来的伞！"

齐德铭说："祝贺你继承了一套房产！你现在有了房，是小富婆了，不愁嫁人了！"

我说："少贫！你知道你爸和黄薇娜的事情了吧？"

齐德铭说："是啊。你看，我爸单身这么多年，玩了这么多女人，头一回对一个女人认真，要娶黄薇娜，我得以孝为先，成全他们呀！咱俩算是没戏了，你不可能让你最好的朋友做你婆婆吧？"

"谁说我想嫁给你了？"我说。

"嚄，人一阔，脸就变！"齐德铭说，"算我瞎猜吧。"

"送伞时怎么不等我一会儿？"我说。

"我这不是往机场赶吗，要去四川几天！等回来去你那儿，你在豪宅给我接风，要做西餐哦，不然跟那房子不配套！"

"还西餐呢，给你煮碗鸡蛋面就不错了！"我笑着问他，"你没忘了带旅行箱吧？"

齐德铭嘿嘿乐了，说："赵小娥同志，你是想问我带没带那两样东西吧？"

"讨厌！"我说。

"回来见！我到机场了。"齐德铭挂断电话。

五天之后，齐德铭回来了。他乘坐的飞机抵达哈尔滨太平国际机场的时候，我正在露台看晚霞映红的天空，他短信告我平安抵达，问我西餐准备得怎么样了，我回复他：豪宅女主人和一锅牛肉柿子汤正等着你呢。

齐德铭没能喝上这锅汤，就在他给我发完短信，下舷梯的一瞬，突发心肌梗塞，一头栽倒，再没起来。他的旅行箱，一开始和形形色色的行李，一起在抵达大厅的蛇形转盘上缓缓运行，到最后其他行李都被认领了,只有他的旅行箱,像离了群的孤雁,还在漆黑的转盘上,孤零零地伫立着。

这个带给我噩梦和喜悦的人,说走就走了。我没有参加他的葬礼,齐德铭不喜欢女孩的眼泪,而我去了不可能不哭。我只是给他父亲打了个电话,告诉他齐德铭随身的旅行箱里备下了寿衣,火化时请给他穿上那件衣服。

齐德铭死后,我觉得这个世界一下子变得漆黑了。走在平坦的街路上,我却有跋涉在泥泞中的感觉,说不出的沉重;我三天不吃饭,也不觉得饿;夜凉如水时我浑身燥热,而阳光灿烂的正午,我却冷得打寒战。我的头脑持续出现大块的空白,彻夜不眠。我忘记很多事,唯有一件深深铭记——齐德铭说过,他如果向我求婚,会去犹太老会堂。有一天,我穿上用生父的钱买的黑地红花的裙子,配上精致的黑色小西服,把西服的上兜当作花瓶,斜斜地插了枝红玫瑰,独自去了那里。

犹太老会堂就像一座乡间庄园,有一股温暖的旧,质朴亲切。我对柜台后面当班的服务员说,我是来看望住在这儿的一个客人的,电话约好了,他马上就会下来。梳着马尾辫的服务员没有怀疑,让我在一楼拐角的小客厅等候。

那个狭长的小客厅状如香蕉,古朴温馨。斑驳的墙壁上悬挂着各式老照片,筒形的羊皮灯在过道投下鹅黄的光影。我选了张两人对坐的小方桌坐下,手指在方桌的蓝白格子台布上轻轻拂过。我对着对面的椅子说:"齐德铭,我愿意做你的新娘,你求婚吧!"那张椅子空空荡荡,没有人影,也没有人语,而它旁侧的老式沙发上,一黄一黑两只小猫,却甜蜜地相依相偎着,发出温柔的声音,我终于控制不住,歇斯底里地大喊大叫起来!

那一刻我发疯了!原来人发疯是那么的容易。

我从精神病院出来时,已是新年了。秋天是怎么从这座城市走过,冬天又是怎么来的,我一无所知。我不想见人,哪怕亲人,哪怕好友,也不想知道他们的消息。精神病院的医生让我每周复诊一次,建议我把经历的一切写出来,说是这样有助于我进一步的康复。

我住在吉莲娜留给我的房子里,伴着袭向这座城市的股股寒流,看着夜晚凝结在玻璃窗上的霜花,提起笔来,开始了回忆。我已不是校对员,第一次体味到字的美妙,字在我眼里没有对错了。如果我的回忆没有颠三倒四,按医生的说法,我的精神将恢复正常了。可我又是多么恐惧正常啊,因为这意味着我经历的痛苦，可能还会回来。我多么希望自己化成一只小鸟，栖息在吉莲娜留下来的挂钟里，与死去的时间待在一块。

我不想听到时间的声音，因为时间对我来说，已是干涸的河流，失去意义了。

2012 年 7 月　初稿
2012 年 11—12 月　二稿
哈尔滨